故事的节奏

STRUCTURING YOUR NOVEL

［美］凯蒂·维兰德 著
K. M. Weiland

陆晓月 译

北京时代华文书局

目　录

绪　论　为什么要在小说结构上花心思？　1

第一部分　故事的结构

第一章　钩　子　8
　　令开场白引人入胜的五个诀窍　12
　　文学和影视作品中的案例　16
　　其中的教益　18

第二章　该从哪里起步　22
　　人　物　24
　　行　为　27
　　背　景　29
　　直入主题　31
　　戏剧性问题　32

故事的节奏

第三章　第一章中的陷阱　36

读者无须问出的问题　37

跳过序幕？　40

梦境片段　44

预叙：谨慎使用　45

如何处理背景故事　46

第四章　第一幕，第一部分：引介人物　50

探索你的人物　52

你需要引介哪些人物？　56

有多少人物才合适？　59

帮助读者分清角色　60

第五章　第一幕，第二部分：对险情与背景的引介　63

引入故事中的险情　63

引入背景　67

选择背景　69

利用人物的周边环境　71

文学和影视作品中的案例　73

其中的教益　75

第六章　第一个情节点　78

文学和影视作品中的案例　80

其中的教益　82

激励事件与核心事件　83

文学和影视作品中的案例　86

其中的教益　87

第七章　第二幕的前半部分　90

前半部分　90

第一个剧情痛点　92

文学和影视作品中的案例　93

其中的教益　95

小说中点　96

文学和影视作品中的案例　99

其中的教益　101

第八章　第二幕的后半部分　104

第二个剧情痛点　107

支线剧情　108

文学和影视作品中的案例　111

其中的教益　113

第九章　第三幕　116

第三个情节点　117

完成人物的成长路径　118

文学和影视作品中的案例　121

其中的教益　123

第十章　高　潮　126

高潮是什么？　128

让高潮高能、宏大　130

文学和影视作品中的案例　133

其中的教益　134

第十一章　结　局　137

补遗与否　138

让读者与之共鸣的收场白：五大要素　142

文学和影视作品中的案例　146

其中的教益　148

第十二章　对小说结尾的更多思量　151

结尾是喜是悲？　153

如何避免让你的故事终结　159

第十三章　有关小说结构的常见疑问　169

第二部分　情节结构

第十四章　情　节　180

　　两种情节　182

　　情节的三个基本要素　183

　　弄清楚情节的目的　188

　　让平淡的情节也保持行动　190

　　动态中的情节　193

第十五章　一个情节可以有哪些目标　196

　　剧情目标与情节目标　197

　　共同目标　199

　　情节目标的各种可能性　201

　　有关情节目标的疑问　202

　　行进中的情节目标　203

第十六章　一个情节可以有哪些冲突　206

　　你设计的冲突是否必需？　208

　　让冲突在角色之间产生　210

在对话中安插冲突　212

　　情节冲突的各种可能性　215

　　有关你的情节冲突的问题　216

　　行进中的情节冲突　216

第十七章　情节中危机的可能性　220

　　让危机具有危机感　221

　　"好啊，但是！"式危机　222

　　情节中危机的可能性　223

　　有关情节危机的问题　224

　　行进中的情节危机　225

第十八章　后　续　228

　　后续的三个基本要素　229

　　是直接冲突还是紧张气氛？　232

　　行进中的后续　233

第十九章　后续中反应的可能性　236

　　不要担心你会让读者觉得无聊　237

　　后续中反应的可能性　238

　　有关后续反应的疑问　240

行进中的后续反应 241

第二十章 后续中困境的可能性 244

困境的三个阶段 245

后续中困境的可能性 246

有关后续中困境的问题 247

行进中的后续困境 248

第二十一章 后续中决定的各种可能性 251

长期目标，短期决定 252

决定：是易如反掌，还是甘冒风险？ 252

是否该将决定宣之于众？ 253

后续中决定的多种可能 254

关于后续决定作者应该提出的疑问 255

在后续中根据决定采取行动 256

第二十二章 情节结构的不同类型 259

情节的不同表现方式 260

后续的多种可能性 267

第二十三章 关于情节结构的常见问题 274

8　故事的节奏

第三部分　句子的结构

第二十四章　句子的结构　284

　　动机-反应单元　285

　　常见的句子疏漏　291

　　删掉冗词　298

鸣　谢　303

绪　论　为什么要在小说结构上花心思？

要写出一个好故事，最容易被忽略、误解，又恰恰最为关键的要素是什么？读者既然正手捧这本书，想必已经知晓答案，那就是结构。外行写作者大多用两种截然不同的态度看待故事结构，部分作者认为结构十分重要，甚至把它捧为普通人无法企及的阳春白雪；其他人则纯粹视结构为唬烂套话，拒绝在他们的书里使用这门艺术。

我最开始属于两者中间的阵营——面露惊诧，甚至都没意识到小说还有结构这码事。于是我跑去看了一堆故事大纲，其复杂程度令我直摇头。如果这些就是所谓结构，那么这本书在我还没有任何像样的想法前几乎就已经写完了。

我那时候没有发现，即便对故事结构这一概念漠不关心、嗤之以鼻，我仍然在无意识地为我的小说搭建结构。随后的几年里，我接触了许多有关小说结构的理论。这些理论都证实了：结构是一切优秀小说的必要元素，无论它们的作者是有意为之，还是无心插柳。

一些专业人士对结构的解读复杂到令人印象深刻。约翰·特鲁比（John Truby）的代表作《故事写作大师班》（*The Anatomy of Story*）就罗列了二十二种故事建构的要素。悉德·菲尔德（Syd Field）的权威作品《电影剧本写作基础》（*Screenplay*）则将一个故事拆成更为简洁的三幕结构。这两种对故事结构的剖析称得上同宗，两者的最大区别在于特鲁比对情节的分割要细致得多。

我在这本书里要引入的宏观故事结构是对这两种分析的恰当折中：所有故事都有十个发展阶段，假如安排得当，它们能让作者和读者都心满意足。我们还会对情节结构进行探讨，并快速地讨论一下句子结构。

在进入小说结构的最基本、最关键部分之前，我们先来想一想：为什么作者需要在结构上花心思，以及为什么没有人需要对这件事退避三舍？

- **所有艺术形式都离不开结构**。舞蹈、绘画、唱歌——只要是你能想到的——一切艺术离开其结构都无法存在。写作也不例外。要想挖掘出故事的所有潜能，作者必须对形式上的桎梏知根知底，明白如何调整各部分情节的顺序才能让故事具有最大吸引力。

- **结构不会令创造力受限**。很多写作者担心拘泥于结构会抑制他们的创造力。假如他们写作就像跟着导航上路，还得时刻留心那些中途停车点，这本小说还算是他们的作品吗？并非如此。结构为故事提供的仅仅是框架，即对小说成功与否至关重要的情节线。有了结构，我们才能有底气，踏实地随着情节线的弧度，把小说的外形完满地呈现出来。

- **有结构不等同于小说公式化**。另有一种这样的疑虑：假如每个故事的结构都如出一辙，最终小说不就都呈现出同样的面貌了吗？但这就像因为芭蕾舞采用相同的舞步而担心每场芭蕾舞都一成不变一样荒唐。结构只是盛放礼物的盒子，其中的礼物本身可能就像包裹盒子的彩纸那样五花八门。

- **结构能提醒你小说有哪些必需元素**。读者阅读本书这样的指导手册，不正是为了搜罗和记下优秀小说的一切构成因素吗？小说结构就是一张罗列了这些要素的清单，将它们统统打包，岂非方便又称手？

- **学习结构理论能够巩固写作者的技巧**。有意识地去理解那些你很可能已经凭本能在使用的写作窍门，这对于拓展认识和磨砺技巧有益无害。在我首次意识到小说结构的复杂性时，我惊奇地发现我的作品已经用上了这些要素中的大多数。对这些要素的研究本身则令我对这些意义非凡的知识拥有了更强的直觉。

研究小说的结构，是一件既激动人心，又令人安心和感到自由的事。不管你是头一次探索小说结构的复杂详情，还是在温故而知新，我都希望你在这段旅途中获得乐趣。

凯蒂·维兰德

2011年9月

第一部分

故事的结构

精彩的第一行是作者给读者的一种保证,即他们大可以信任作者的才智。

——查克·温迪格(Chuck Wendig)

第一章 钩　子

读者就像鱼儿，聪明的鱼儿。他们清楚作者想捕捉他们，网获他们，让他们没法再在海里自由遨游。和所有骄傲的鱼一样，读者没那么容易上钩。他们不会被你的故事诱惑后就自动投降，除非你抛给他们一个难以抗拒的钓钩。

自然，我们对故事结构的讨论从开头开始——任何好故事的开头都是一个钩子。如果你不在第一章就把读者钩进你的故事里，他们是不会游进更深处去经历接下来的激动人心的冒险的，不管你的故事多么精彩无比。

钩子有很多种不同的形态，但剥去它们相异的外表，所有钩子都有一个共同点：它们不过是在提出一个问题。激起读者的好奇心，你就赢得了读者，就这么简单。

每个故事都要在开头把人物、背景和情节冲突推至台前。

但这些元素本身没有一样是钩子。只有当我们能让读者大致问出"接下来会发生什么"这个问题时，我们才向他们抛出了钩子。因为同时我们也在让他们对某些具体问题感到好奇——"杀了那个工人的是一头什么样的骇人爬虫怪？"〔迈克尔·克莱顿（Michael Crichton），《侏罗纪公园》(Jurassic Park)〕或者"一座城市如何捕猎？"〔菲利普·瑞弗（Philip Reeve），《致命引擎》(Mortal Engines)〕。

你可以让开头的这个问题直截了当，例如以某个角色对某些事物的思索作为全书开头，期望读者产生同样的好奇。然而在多数情况下，问题会以隐晦的方式出现。例如，伊丽莎白·盖斯凯尔（Elizabeth Gaskell）在《莉齐·利》(Lizzie Leigh)的开篇述说了一个临终之人给他妻子的遗言。他的全部遗言如下："我原谅她，安妮！愿上帝宽恕我。"读者对他要原谅谁，以及他为何转而请求上帝宽恕一无所知。而正因为不知道他在说些什么，我们才想读下去来寻找答案。

需要注意的一点是，开场引发的问题不能过于含糊。作者必须让读者掌握足够的信息，在脑海里提出明确的疑问。**"这究竟是怎么回事"**可算不上一个合格的开场问题。

开场问题的答案不一定要等到结局再揭晓，作者完全可以在下一段就回答这个问题，只要你继续抛出下一个问题、再下一个问题，就能令读者马不停蹄地翻开下一页寻找答案。

开头就是整个故事的叫卖词。哪怕你的小说结局犹如惊雷，哪怕你的对白新颖到闻所未闻，哪怕你的人物鲜活得能蹦出书页，只要你的开头没能满足读者的需求，他们在发掘你埋下的宝藏前就会丢书弃阅。

虽然世界上并没有"必定能行"的完美开头模板，但多数优秀的故事开头都有如下特征：

- **避免用故事发生以前的事情开头**。悬疑小说作者威廉·G.塔普利（William G. Tapply）指出："用故事发生以前的背景故事开头……意味着塞给读者一箩筐他们没有理由在意的背景信息。"不要就这样把背景推给你的读者，哪怕这些东西对剧情至关重要也不行。有多少人喜欢在见到某人的那一刻就听他大讲特讲他的人生经历？

- **让人物，尤其是主人公出场**。即使最侧重情节的小说，最终也不可避免地归结为几个人物的故事。人物是读者与你的故事建立联系的桥梁。假如他们无法立即对人物产生共情，那么即便你往开头里塞下所有的情节，它仍然是苍白平淡的。

- **出现戏剧冲突**。没有戏剧冲突就没有故事。冲突不一定指核弹头正在爆炸，不过读者的确期待在开头就看见你的人物与某人或某事产生火花。戏剧冲突能吸引读者翻看下一页，这种吸引力对故事的开头来说尤为重要。

- **有对人物动作的描绘。**开头不但要让人物参与情节发展，更应让人物一直处于动态中。人物的行动能让读者感受到情节的推进，在必要时还能营造出紧张感。但凡有可能，作者就应该让小说人物在开头持续活动，哪怕人物只是在检查冰箱。

- **有对背景的交代。**许多现代作者对在开头使用描述性语言有所顾虑。然而，对小说背景用一句话加以交代，不但能使故事产生真实感，还能勾起读者的兴趣，为后续故事搭建舞台。"用英雄的窘境引你上钩的开场白，总是紧跟着一点儿故事背景"〔大卫·杰罗尔德（David Gerrold），《奇妙世界》(Worlds of Wonder)〕，反之亦然。

- **"远景"**让读者建立起对小说的基本概念。电影拍摄中，有一个技巧是在开篇拍摄一个远景镜头，而这通常也是小说吸引读者的最佳方式。假如作者富有技巧，一两句话就足够揭示背景和人物各自的立场。

- **奠定故事的基调。**整本小说的基调是由序幕奠定的，因此你必须明确地让读者预测出他们手上的故事属于哪一类型。你的开头要为结局拉开幕布——当然，不能提前泄露结局。

如果你在第一章顾及了上述所有要点，你的小说将令读者手不释卷，一口气读到东方泛白。

令开场白引人入胜的五个诀窍

　　能否吸引读者向下读主要取决于你的钩子，因而作者应该尽早下钩，在首幕就将它抛给读者。实际上，最理想的情况是小说的第一句话就钓起了读者的好奇心。然而，你必须保证你的钩子是故事整体的一部分。用吸引人的开场白骗读者上钩（"咪咪又一次死去了"），然后揭穿索然无味的真相（结果咪咪是位女演员，正在第187次表演她的临终一幕），不但会让你的钩子丧失效力，更辜负读者对你的信任。读者不喜欢受骗上当，一点儿也不。

　　开场白是小说抓获读者注意力，令他们读下去的第一个机会（要是你不物尽其用，那同时也是**最后一个**）。短短一句话担负着重要责任。通过研究开场白，我们能发现不少有趣的事实。其中最令人惊讶的发现是，只有极少数开场白能让读者留下印象。

　　什么？

　　先别急着引用"叫我以实玛利"和"幸福的家庭大多相似"来反驳上述结论。花几分钟回忆一下你最近读到的好书，你还想得起它们的开场白吗？

　　正是这些已被遗忘的句段吸引我们读下去，最后爱上这本小

说的——它们完美地完成了任务,然后退场了。我把我去年最喜欢的五本书中的开场白都摘录了下来:

当我醒来的时候,床的另一边已经冷了。〔苏珊·柯林斯(Suzanne Collins),《饥饿游戏》(The Hunger Games)〕

他在森林寒冷而黑暗的夜里醒来,伸手去碰他身边熟睡的孩子。〔科马克·麦卡锡(Cormac McCarthy),《路》(The Road)〕

夜晚又降临了。韦斯通·因躺在寂静中,而这寂静被分割成三部分。〔帕特里克·罗斯福斯(Patrick Rothfuss),《风之名》(The Name of the Wind)〕

在过去,他们通常在大十字路口执行绞刑。〔达芙妮·杜穆里埃(Daphne du Maurier),《浮生梦》(My Cousin Rachel)〕

得知那是他在人世间的最后一晚,本·吉文斯医生没有做梦,他无法安宁地入眠,看守梦境国度的鬼魅多次造访他,不停地向他提起这个世界。〔戴维·伽特森(David Guterson),《山脉之东》(East of the Mountains)〕

上述开场白好在哪里？它们有什么地方吸引我们读下去？让我们把它们分成五部分来看。

1. **隐藏疑问**：首先，它们都在句号里藏着问号。为什么床的另一边是冷的？为什么这些人在如此恶劣的天气里露宿？寂静怎么能被分成三部分？他们从前都对谁执行了绞刑，又为什么不再实行下去了呢？本·吉文斯是如何预知他的死亡时间的呢？直截了当地告诉读者发生了什么事是行不通的。你提供的信息必须足够让**他们**发问，然后你就能——予以解答。

2. **人物**：大多数小说在开头几句话中就会出现人物（其他小说则会在接下来的句子里介绍他们）。开场白是读者接触主要角色，并对他们产生兴趣的第一个机会。伽特森贯彻了这条原则，他把角色的姓名直截了当地告诉读者，令他们对人物的感情迅速升温。

3. **背景**：大多数开场白会给读者提供对故事背景的基本印象。这尤见于麦卡锡、杜穆里埃和罗斯福斯的小说，这几位作者借助背景描绘、营造出一种浓厚的悲剧氛围，并奠定了整个故事的基调。开场白不一定与全书毫无联系，它既引出其后的段落篇章，又为后文所支撑。

4. **总述式的宣告**：以上范例中只有一部作品（杜穆里埃的）以宣告作为开场白。有些作者认为这种技巧和麦尔维尔、托尔斯泰那全知的叙述者一样，已经落后于时代了。不管你抱持何种观点，宣言式开头仍然在如今的小说里出现，而且颇为好用。写这类开头的诀窍是让读者对其中至关重要的内容发出疑问。"天是蓝的"或者"小洞不补大洞吃苦"这样的宣言只会让人哈欠连天。然而，要是你能更进一步，模仿威廉·吉布森（William Gibson）的笔法——"港口上空的天色就像一块满是雪花的电视屏幕"，这样的开场白不但富于诗意，还能体现出小说的基调，顺带着引出"为什么？"的疑问，从而吸引读者读下去。

5. **基调**：最后，从以上所有开场白中，读者都能对小说的基调有所体会。开场白是你向读者的致意，是一个不应浪费的可乘之机。它让读者在第一章就领略到故事的基调：这本书是诙谐的还是尖刻的，是伤感的还是富于诗意的？好好读一读你的开场白，看看里面是否有这个核心元素。假如你的小说是一部抒情悲剧，那么可别在开头和读者开玩笑。

开场白是作者介绍他们要讲的故事的首个——也是最佳——机会。在构想出人物、剧情、背景、主题和基调的完美亮相方式前，不要落笔。你的开场白可以简短如苏珊·柯林斯，也可以比戴维·伽特森的还长；可以招摇高调，也可以平直达意。不管是哪一种，它都得为你书中激动人心的冒险开个好头。

文学和影视作品中的案例

有了对钩子和钩子位置的基本概念，我们现在来看一些例子。我挑选了电影和小说各两部（分别是经典作品和新作品）。这几部作品将作为实例贯穿本书始末，这样读者就能像在主流媒体上欣赏它们一样跟随故事线前进。现在让我们看看行家是如何置钩子于无形，让我们不知不觉地咬钩的。

- 《傲慢与偏见》(*Pride and Prejudice*)，1813，简·奥斯汀 (Jane Austen) 著：奥斯汀在她著名的开场白中就技巧高超地向我们抛下钩子："凡是有钱的单身汉总想娶位太太，这是一条举世公认的真理。"这句精妙的戏谑让我们一开始就感受到戏剧冲突，并暗示我们想要家财的妻子和想要求得良偶的丈夫都不会轻松如愿。在小说第一段中，通过凸显开场白和她故事中现实的重合，奥斯汀放长了她的鱼线。随着小说的开幕，她让钩子沉得更深，对班内特一家的描绘不但让读者对这些人物的个性充满兴趣，还让他们预见到接下来剧情的走向以及产生戏剧冲突的困局所在。

- **《生活多美好》**(*It's a Wonderful Life*)，1947，弗兰克·卡普拉（Frank Capra）导演：卡普拉使用了框架结构，将对高潮转瞬即逝的一瞥用作电影开头，让观众上了钩。电影在主角麻烦缠身的时刻开场，让我们不禁好奇乔治·贝利是如何陷入让整个镇子都替他祈祷的窘境的。没等我们回过神，三位天使就犹如天上闪耀的星座，超现实地现身在我们跟前。这出人意料的发展不仅令观众入迷，还简明地暗示了即将出现的戏剧冲突，使观众被一连串疑问缠身，好奇不已。

- **《安德的游戏》**(*Ender's Game*)，1977，奥森·斯科特·卡德（Orson Scott Card）著：卡德这部备受好评的科幻小说以一堆诱人上钩的问题开场："我用他的眼睛观察过，用他的耳朵聆听过，我能告诉你他就是我们要找的人。至少他最接近我们要找的那个人。"卡德的开头让我们不禁好奇，说话者是如何进入另一个人的脑子观察和聆听的，谁是"那个人"，他们想让"那个人"做什么，又为何满足于这个不够理想的对象？接着他成功地利用耐人寻味的开场引入了安德·维京，这个没人能料到他日后将成为英雄的男孩，他六岁的人生即将天翻地覆。

- **《怒海争锋：极地征伐》**(*Master and Commander: The Far Side of the World*)，2004，彼得·威尔（Peter Weir）导演：这部电影作为帕特里克·奥布莱恩（Patrick O'Brian）为

大众所钟爱的杰克·奥布雷船长和马图林医生系列故事的精彩改编，在不少地方都打破了陈规，包括但不限于不落窠臼的基调和剧情。即便如此，这部电影仍然精确地遵循着最成功的故事结构。电影的开头一派荒凉肃穆，观众正目睹着"惊奇号"英国皇家海军战舰上的晨间仪式。这个钩子一开始引起了我们对不同寻常的场景的好奇，但除此以外它没有任何作为，直到一两分钟后，一个海军学员侦察到一艘疑似敌船。电影没有放慢节奏向观众做出任何解释，在先让观众目睹了几个气氛紧张不安、无人轻举妄动的片段后，他们几乎毫无预警地、忽然被推进了一场骇人的海战之中。我们还没看见钩子，就已经被钩住了。

其中的教益

我们能从这些出色的钩子中学到什么？

- 钩子本身必须是情节的一部分。
- 钩子并不总包括情节和行动，但总是情节的导火索。
- 下钩子绝不能拖拖拉拉。
- 钩子几乎总是肩负起引入人物、冲突和情节的两到三倍的重任——甚至还有背景和主题。

用好钩子是给读者留下良好印象的第一个机会。不管你乐意与否，第一印象决定了你的成败。精心准备钩子吧，让读者惊叹，他们会对你的故事开场永远记忆鲜明。

我发现,要想对何为优秀的第一章有所认识,最好的办法就是读上一大摞。

——苏珊娜·温莎·弗里曼

(Suzannah Windsor Freeman)

第二章　该从哪里起步

大多数作者过早地拉开了故事主线的序幕，而不是太晚。我们总是急着让读者了解前因后果。要让读者在乎故事的进展，他们首先得知道发生了什么事，是吧？某种程度上诚然如此。然而，在开篇解释前因后果的弊端在于，这么做会打断读者最感兴趣的部分——人物对身陷其中的窘境的反应。

你需要问自己一个问题："剧情中的第一次戏剧冲突是什么？"找到这个事件能够让你明白在多米诺骨牌般环环相扣的小说情节中，占据首位的是哪一张。有些小说的第一张骨牌被扳倒于故事真正开始的许多年以前，因而更适宜被当成背景故事来叙述。不过十有八九，它是最合适的开场一幕。

注意，第一个情节点应该位于小说的1/4左右。如果你的故事主线开始得过早或过晚，小说的平衡将被打破，你在1/4、1/2

和 3/4 处的重要情节点将被迫提前或延后。（稍后我们会花大量篇幅探讨这些情节点以及它们该如何安置。但是，现在我先强调一下，一般做法就是放在故事的 1/4 处。但与电影紧凑的结构和时间线不同，小说有足够的空间用环环相套的场景来整体推动情节——因此情节点可以贯穿许多段落甚至章节，而非准确无误地出现在 1/4 处。）

你小说中的第一个情节点也是你人物的转折点，因而也很可能是影响深远的重要事件。这些场景之前的背景铺陈不应占小说篇幅的 1/4 以上。假如背景内容超出了这个比例，那么你的故事就有过晚开始之嫌，你需要对一些内容进行删减。

最重要的，同时也是最为明白易懂的一点，是切忌赘余。确实，故事在开头没有必要穷追猛打，尤其是你还需要花时间引介和刻画人物。但是你的开头必须简洁、紧凑，否则读者就会离开。

你要如何用令人目不暇接的情节抓住读者，同时仍能留出篇幅来塑造人物呢？该怎么判断此时是不是拉开故事帷幕的最佳时刻？该透露多少背景信息，才能在打消读者的困惑和令他们提出那个能让他们继续往下读的问题这两者间找到完美的平衡点？

如果我们剥皮见骨，会发现创作优秀的开头时只有基本元素是必要的：人物、情节与背景。

巴恩斯 & 诺贝尔公司的编辑部主任莉兹·谢尔（Liz Scheier）讲述过一则概括了以上三种元素重要性的趣闻轶事：

我的一位教授曾经一拍讲桌，言之凿凿地告诉我："别说'二战开始了'！要说'希特勒入侵波兰了'。"

谢尔不但举了一个主动语态功用的实例，还给了我们一个相当有力的开头。我们现在来细探其究竟。

人　物

上面的例子提到了一个能让我们产生兴趣的人（尽管是个让人憎恶的家伙）。故事围绕着人物展开，没有人物等于没有故事。我们看书，为高于生活的英雄形象欢呼喝彩，目的是从与我们相似或不同的人身上获得某种教益，以及借生活在不同时空中的角色的双眼来间接体验他们的奇遇。

对人物进行介绍是一个不能耽搁的任务。作者应该抓住一切机会介绍主要角色（某些类型的悬疑小说不在此列，作者几乎能在任何时候进行介绍）。我的中世纪小说《看见黎明》(*Behold the Dawn*) 的开场白是："马库斯·安南杀过人。"读者立刻就能从中得知人物的名字、性别，并领会作者对他的个性以及背景故事的暗示。

用套话、历史上或事实上的背景信息，或对天气的描述来开头，对增强读者和书中人物的感情联系起不到任何作用。即便它们在你的故事里占据重要地位，这些元素读者很可能一样也不关心——除非你能提供一个理由让他们去关心，而这个理由就是书中的人物。

如果读者觉得你的人物毫无趣味，那么，无论你结局的反转如何高明，他们又为什么要守着这个无趣的角色，耐着性子读完后面的三百页呢？归根结底，人们阅读小说是为了人物。读者不会浪费时间在没有血肉的人物身上——作者同样不应如此。从第一页开始，我们就必须带给读者一位将在他们脑海中挥之不去的主人公。而如果你想做到这一点，比赋予你的角色急智和耀眼个性更重要的（尽管我并无贬低这两种特质的意思），是给读者一个理由去注意你的人物。

作者经常被鼓励用发展之中的情节开头。有一个理论这么认为：如果你的主角身陷某种悲惨的境地，读者会因此而喜欢他。这并非真相。遭遇霉运的角色可能会引起流于肤浅的共情反应，但要使读者真正关心在这个人物身上发生的事情，他们首先得关心这个人物。

让我们假设有一本小说，开场是一场进行中的斗殴。我们很可能对这场肉搏的前因后果多少有点儿兴趣。但是我们不太可能真正在意谁赢了比赛，除非我们关心其中的一位选手。

情节（即戏剧冲突）与悬念是一切故事的灵魂，也是为小说开个好头的关键所在。然而,假如作者不创造一个有感染力的人物,这些设置本身不会有很大的吸引力。作为开场白的重中之重的核心元素,人物不光拉开了故事的序幕,更为接下来的整个故事奠定基调。

即便是最侧重情节的小说,在开场白中给角色安排牵动感情的戏份也更容易引来读者。柴纳·米耶维(China Miéville)那本错综迷离的蒸汽朋克幻想小说《帕迪多街车站》(*Perdido Street Station*),就有着盘根错节的故事情节和枝繁叶茂的背景设定,这让他花了小说前 1/4 的篇幅不紧不慢地垒起情节与背景。然而米耶维足够聪明,知道要想让读者挨过最为枯燥和晦涩的故事内容,就必须要有讨喜的人物。

《帕迪多街车站》的开头是一个简短而带有诗意的钩子,接下来,开篇描绘了非常贴近人性的内容——坠入爱河的一对恋人。哪怕读者刚开始对这些人物一无所知,这段爱情对整个故事的实际作用也并不那么重要,用好具有人情味的开篇仍然能够在读者与小说之间建立起纽带。他们有了对人物命运牵肠挂肚的理由,就算米耶维没过多久就不得不转而讲述和读者联系更少且更难读的内容,作者也无须绞尽脑汁地吊起他们的阅读胃口。等正式搭好为即将到来的灾难准备的舞台,他终于可以将笔转回人物之间关系的时候,读者已然上钩了。

行　为

　　什么都不做的角色是最无趣的。一个坐在柏林奢华的办公室里无所事事的希特勒或许对欧洲的福祉有好处，但读者实在没什么闲工夫盯着他的一举一动看。故事一开篇，切勿在揭开幕布的时候让观众看见一个站在舞台中央、衣服上贴着名字的木偶般的人物。故事开幕的时候，人物应该全情投入他们正在做的事——如果这个瞬间还能展现出他们的性格，就更好了。此刻人物的举动不仅对后文情节中的重要内容有所影响，更重要的是，这些举动能刻画出他性格中的关键部分。

　　一眼看上去，故事的开篇可能并没有多少展现人物特色的机会（尤其当主角是个被卷入某个特殊事件的普通人时）。比方说，假设故事中的重要事件是一趟地铁遭遇劫持，而主人公恰好坐这趟地铁去工作，那么将主人公在孤儿院做义工的镜头作为开场实在缺乏操作性。在显然脱离主角日常生活轨迹的事件里，你该如何塞进体现他性格的内容？

　　理想情况下，展现人物性格的瞬间能够反映出主人公日常生活的实质。但即使人物身处十分离奇的情境，他们的一举一动仍然可以具有感染力与说服力。你的主角对于这场劫持的反应能令读者对他增进不少了解。别让他愣坐在座位上，让他对周遭做出反应。假如你想刻画他勇敢的一面，你可以写他如何单挑劫匪；假如他是个具有同情心的人，他可能会挺身而出，帮助受伤的乘客；如果你想将他塑造成一个怯懦的家伙，你可以描绘他如何双膝跪地，主动向坏人奉上公文包。

无论你决定选用哪种方案，你都要让他行动起来。他做出的各种举动将在环环相扣的剧情中扳倒第一张多米诺骨牌。

霍华德·霍克斯（Howard Hawks）参与导演的经典西部片《红河》（Red River）就拍出了一个展现人物性情的开场。在电影的开场中，主人公托马斯·道森正要离开马车队。队长拒绝放他离开，并告诉道森他和他们签的合约不允许他途中退出，此外，马车队在进入印度国境线的时候也需要他的协助。道森则回答："我什么也没签过。要是我签了，我不会离开。"

对话中的这句台词本身是体现人物个性的一条关键线索。通过他的话语，观众得知这是一个按规则行事的人，对他人的看法黑白分明。在电影的后半截，心如死灰的道森将背起责任的重担，用尽一切手段履行契约。他性格向黑暗面的转变所反射出的正是开场中他形象的镜像。

史蒂夫·迈纳（Steve Miner）的《天荒情未了》（Forever Young）开场镜头是一架老式 B-25 轰炸机冲向天际，同时试飞机师丹尼尔·麦考密正兴高采烈地极力控制它的平衡。这个十分活泼的开场兼顾了以下目标：

- 利用飞机失控的紧张氛围抓获观众的注意力。

- 为整部电影的核心主题"飞行"做出铺垫。
- 提及 B-25 轰炸机刚刚被设计出来,让观众明了故事的时间背景。
- 最重要的是,这些元素全被编织进一个展现主人公个性的瞬间。我们知道了他是一个试飞机师,他热爱这份工作并且技术精湛,他个性善良、鲁莽、诙谐,在压力下仍能保持冷静。

不到四分钟的片段涵盖了以上所有内容!在这个片段的末尾,丹尼尔开着损坏了的飞机戏剧性地着陆时,我们已经上钩了。电影开头活泼的引子、其中对人物的引入,让我们乐于和丹尼尔一起经历这整场冒险。

像这样展现人物个性的瞬间有着极其显著的意义。不但因为它们能直接证明你笔下的人物值得探究与喜爱,更因为它们预示和构建了后续的故事。读者将凭借对人物的第一印象猜测接下来的人物举动,你的故事也因此而连贯一致,首尾呼应。

背　景

精心雕琢的故事背景不但使人物及其举动有了根基,还能够在极为重要的方面左右剧情的发展。希特勒不可能在没有时间和空间维度的真空中做下如此的"伟绩",他必须找个地方来作为侵略目标。在开头就为你的故事剧情做好铺垫是至关重要的,以下是几个理由:

- 能够填补读者心中的茫然。比起凭空想象你的人物在雪洞般的房间里踱来踱去,读者可以把他们圈进确凿的背景之内。
- 让读者和作者视角一致。没有什么比强迫读者自行填上故事的留白,然后抽走他们脚下的地毯,重新给出一个毫无相同之处的故事背景更让他们抓狂了。
- 敲定故事的基调和本质。故事发生在何处就像主角是谁一样,能够改变故事的本质。

不要用冗长的描述让读者打瞌睡,比如,在地铁劫持一例中,作者无须花上几大段描绘车厢的内部,因为多数读者对此具有常识性的了解。即便他们不了解,如果你不用角色和情节吊起他们的胃口,他们也不会对此感兴趣。对背景的描绘必须惜墨如金,只要对最关键内容有生动的速写,足以诱导读者,并让场景生动起来,背景就足够成功了。

只要保证你的开场白鼎立在这三足之上,你就有坚实的地基来掌握和调整开场白的节奏,使其能更好地吸引读者。

直入主题

在过去，夏洛蒂·勃朗特（Charlotte Brontë）可以洋洋洒洒地就她人物的童年写上一百页独白，再迈进故事的主体；如今我们可没法像这样挥霍无度了。但直入主题这个高效的技巧——"从故事中间"开始写作，也同样需要慎重对待。

文豪 E. M. 福斯特（E. M. Forster）在他的第一本小说《天使不敢涉足的地方》（Where Angels Fear to Tread）里给我们做了精彩的示范。在他小说的开端，两位英国人正要登上一列去意大利的火车。他可以大书特书他们对旅途如何充满憧憬，怎样下定决心要去旅行，为旅途打点行装，诸如此类的鸡毛蒜皮之事。但谁又在乎呢？读者急着进入正题，就算以上内容对计划一场旅行来说是必不可少的部分，但旅途本身才是最重要的。在他们登上火车的一刻，故事情节才正式开始。

在《赌徒》（The Gambler）中，费奥多尔·陀思妥耶夫斯基（Fyodor Dostoyevsky）以这样一句话开场："我离开两个星期，终于回来了。"至于叙述者去了哪儿，他为什么回来了，无人知晓。但这并不打紧，因为接下来的一句话让读者的注意力立刻被他的窘境吸引："我们一伙到达鲁列津堡，已经有三天。我本来以为，他们一定急得要命，眼巴巴地盼着我回来。可我估计错了。"读者的好奇心被数个具体的问题油然激起，而这一切只用了寥寥数笔。

现在你要仔细审视你的作品。什么时候故事真正开始？哪个事件是剧情链中的第一张多米诺骨牌？要让后续情节逐一发生，哪张骨牌必须先被扳倒？那一场景很可能就是你的最佳序幕。把前面的篇幅全部删除，再来检查剩下的内容。故事仍然符合情理吗？故事的开场时刻是否能恰到好处地让读者了解你的人物（最好能展示而不单是解释他的个性）？最重要的是，它是否引人入胜？如果所有问题的答案都是"是的"，那么你已经找到了故事的开头。

戏剧性问题

开头和结尾是一个整体的两部分。在某种意义上，它们是彼此的镜像。开头提出问题，结尾给出答案。倘若结尾没能回答开头提出的那个问题，这本小说就是失败的。

那么，开头应该提出什么样的问题？我们已经讨论过了开头的问题作为钩子的必要性，然而，结尾回答的既可能是作为钩子的那个问题，也可能不是。钩子问题的目标是唤起读者的好奇心。如果它做到了这一点，它的主要任务就完成了，答案本身可能稍后就在同一场景中揭晓（只要作者又抛出别的问题来取代它，让读者有新的读下去的动力就可以）。

故事结尾需要回答的问题是戏剧性问题。它是整部小说一切情节的助燃器。

- 女主人公会找到真爱吗?
- 非正统派英雄会得到救赎吗?
- 坏人会被绳之以法吗?

在你的故事中,问题可能更加独一无二和具体:

- 在玛姬永远失去她的灵魂伴侣汤姆之前,她会告别她那充斥着毒品和酒精的自毁生活方式吗?
- 雇佣兵迈克能学会为比钱和权力更值当的意义而战吗?
- 黑手党会由于FBI警员尼尔勇气可嘉的卧底工作而被降伏吗?

你的戏剧性问题可能围绕着剧情或主题提出,也可能两者皆是。但是,为了令首尾相呼应,它必须在开场就出现。它应该是一个可以由"是"或"否"来回答的问题,比如"好人会取得胜利吗"或者"男主人公将会学到教训吗"。

一旦你在故事的开场提出了有力的问题,小说全篇都必须紧跟它的脚步,并在结尾揭晓答案。让读者在故事的结尾找到答案是使故事前后连贯、首尾呼应的唯一诀窍。

假如你的故事写的是尼尔在黑手党的卧底工作，而结局揭晓的却是有关尼尔的婚姻问题、他女儿的自闭症或是他忽然挖掘出的自己的霹雳舞天赋的答案，这本书是会走向失败的。这些答案可能与剧情的支线有着种种关联，但追根究底，除非主要剧情已经有了令人满意的答案，否则它们和故事的主线并无瓜葛。

何时回答故事中的戏剧性问题这一点同样重要。在给出答案的一瞬间，你的故事就在实质上迎来了结局。假如回答得过早，剩下的剧情和角色线索将会在拖沓且无聊的徘徊中迎来它们的终结。

为了让开头与结尾连接和谐，你需要一点儿深谋远虑。不过，一旦确定了故事主线所围绕的问题，你不光会对小说的主旨产生清晰的认识，还将在创作过程中从头至尾对剧情、主题以及人物塑造得心应手。

第一章就像是开胃前菜——分量小,但具有无可比拟的重要性。第一章的潜力是无限的。

——伊丽莎白·希姆斯(Elizabeth Sims)

第三章　第一章中的陷阱

第一章遭遇重写的次数难免要多于小说中的其他任何一章。第一章难以把握，因为它必须将这么多互不相干的元素天衣无缝地织进同一场景，从而引起读者的兴趣，引领他们进入小说的正题。假如写什么东西都像写一本小说的前五十页那么难，我大概几年前就对写作打退堂鼓，去找新工作了——一份简单而安逸的工作，比如去当沃尔玛的迎宾员，或者在自助洗衣店收硬币。

考虑到开头在整个故事中所占的分量，这一部分的写作难度不言而喻。开头必须达到如下目标：

- 埋下令读者难以抗拒的钩子。
- 给读者关心人物命运的理由。
- 让读者了解故事的整体风格（讽刺，戏剧性，等等）。

- 让读者了解故事背景（时间、地点）、主要冲突和主题。

故事开头就像份简历，你在读者面前炫耀你的才华和技巧，企盼自己能对上他们的胃口。否则你的书连上架的机会也得不到。

"不打紧，"你可能会说，"我的人物棒极了，剧情也精彩绝伦。我只要提起笔开始写就行。"不巧的是，很少有人能做到这一点。对大部分小说作家而言，无论他们技巧如何，写开头都难如走钢丝。假如你一步踩空，就会失足摔到谷底。那么，作者究竟该如何避开这致命的失足呢？首先，我们来看看这几个普遍容易踩进的陷阱。

读者无须问出的问题

如果说作者在任何场景开头的首要任务就是布下令读者贪馋答案的问题钩子，那么他的次要任务就是确保这个问题提对了。

读者的疑问应该是十分具体的。**谁窃走了胜利女神像？韦斯利要如何逃出绝望之坑？为什么灰姑娘想要大一号的水晶鞋？**你不希望他们问出这个干巴巴的四字问题：发生了啥？或者，比这还糟，用一个字终结所有下文：嗯？

小心别设下错误的悬念——这样的悬念会让读者对这一场景

的基本内容摸不着头脑,而非伸长脖子巴望你对他们的明确疑问做出解答。你的读者不应该提出如下问题:

- **人物的名字是什么?** 获奖作家琳达·耶茨克(Linda Yezak)认为:"……通常读者不会受没有名姓和面部特征的角色吸引。换言之,你应该尽早让读者和人物建立起纽带……(你需要)让他们知道这些人是谁。"

- **人物年纪多大?** 你没必要详说每个角色的年龄。但如果你正在描绘一个八十岁老人,别让读者误以为他才十七岁(反之亦然)。

- **这个人长什么样?** 在写某些故事的时候,对人物形貌只字不提并无任何不妥。不过,大多数读者希望作者能给予人物的长相一些暗示,尤其是那些你将对其展开描写的人物。

- **这个人是谁?** 读者需要对你的人物有所认识,所以挖点儿细节出来,让他们有材料可施加想象。这些内容可以是职业、某个显著的性格特征,也可以是某个具体举止。

- **这一场景发生在哪里?** 不要让你的角色探索一个空房间。读者需要知道这一场景发生的地点,是咖啡馆、森林、卧室,还是飞机舱?

- **这一场景发生在哪一年/季节/天?** 如果你在写的是一部历

史小说，或者其他时间在其中尤其重要的小说题材，对这个问题就应该多加关心。你需要用那些对时间有所暗示的内容引导读者。

- **这个人在和谁互动？** 假如这一场景中有其他人物出现，请体贴地把他们的名字告诉读者。在与人物第一次见面的情况下，只用"他"或"她"实在难以给读者提供多少实质性的信息。

- **叙述者和其他角色是什么关系？** 大多数情况下，读者应该了解到叙事角色掌握的所有信息，除非情景中的其他人物对主人公来说都是陌生人。读者需要知道故事叙述者和这些角色是怎么认识的，以及他和这些人互动的内容是什么。

- **这个人在此情此景下想做什么？** 在任一场景中，角色的目标都是你需要让读者了解的最重要的内容。这是故事情节的动力，是读者产生具体疑问的缘由。

- **我为什么要关心这些？** 这个问题的重要性就像蛋糕上的奶霜。如果你希望读者继续阅读，就必须做出回答。不管答案是好奇心、投入的感情还是同情心，你都要让读者有一个私人理由，来对寻找所有你在故事中抛出的疑问之答案产生热情。

假使你确定你在卷首对所有这些问题都给出了令人满意的答

案（不带任何无效信息），在每一场景的开头也多少做到了这一点，你就让读者留出了余暇来关心真正重要的事，比如神仙教母和魔法鞋厂对于尺码表错误的口水战。

跳过序幕？

所有作者都对序幕有着持续的钟情。第一章前的序幕，是为了在读者脑袋里塞满重要和必要的信息，这样，在他们翻开"真正"的故事开场时，就能如鱼得水。但是，对读者以及出版商来说，序幕多数时候不过是臃肿的路障，挡在了他们和可能出现的有趣情节之间。

序幕是作者向读者伸出友好之手的一个重要尝试。因为相信读者在缺乏帮助的情况下无法对故事背景有清晰的认识，我们就巨细靡遗地讲给他们听。乍看上去，这不是件坏事，缺乏重要信息会让故事的波澜情节大打折扣，让读者在不确定中游荡，产生不满。然而，序幕是否是提供这些细节的最佳方式？写上一段序幕的风险是否大过了好处？

序幕的固有缺陷中首要的一项，是它会强迫读者经历两次故事的开头。他们对你的故事投入的任何情感，都会在翻开下一页，盯着用粗体印刷的"第一章"时，随着时间、地点、人物的变迁瑟瑟发抖。

第三章 第一章中的陷阱

我能听见从四面八方传来的作者的咆哮：**但我的序幕传达了重要信息！没有序幕，我的故事根本没法继续！**

真是如此吗？仔细看看你的第一章。一般情况下，比起序幕，夺人眼球的第一章（这是必需的，不管有没有序幕）能给你的故事起个更好的头。序幕在很多时候不过是成捆的信息，毕竟它就是为此服务的。问题就出在这里。

在过去，我写过的序幕多到我不愿回想。但出人意料的是，删去它们后，我的故事更有感染力了，无一例外。序幕如此意义缺失，我可以弃它如敝屣。我这样做，不但让读者省去了硬着头皮挨过大段突兀的不必要信息的麻烦，还让自己得以避免在故事开始前就失去读者注意力的风险。

在用序幕作为故事开头之前，想一想你能否找到方法把那些"至关重要"的信息拆解开来，装进之后的故事情节里。一旦读者找到了关心你的角色的理由，他们对背景故事的兴趣就要浓厚得多。至于闪回，假如回溯的内容重要到单独占据一个场景，那么它很可能值得你在故事里正经书写。

这是不是意味着序幕总是个坏点子？

令人意外的是，并非如此。

只要你对序幕的优点和缺点都熟稔于心，你便能发挥出它的最大用处。但我必须做出警告，胆小鬼和技巧不佳的作者不应做此尝试。要写出成功的序幕，你必须对以下问题有明确的认识：什么是正确的做法，什么是错误的做法；哪些时候序幕是必要的，哪些时候并非如此；如何把序幕放在夺目的聚光灯下，才能诱使读者翻过这座小丘，来到第一章。

序幕必须做到的事有两件：

- 引读者上钩。
- 与此同时，读者在翻开第一章时不应感到与其格格不入。

有些序幕虽然短小却非常优秀（除悬念外几乎没有其他内容），对人物和故事本身言之寥寥。这些开场白不对角色和剧情进行深入触及，它们的存在仅是为了提供重要信息（发生在故事之前或之后的事件，反对者的意见，诸如此类）。如果你能迅速而扼要地传达所有信息，让读者了解他们必须知道的内容的同时，你也能保持故事的完整和独立性。

罗伯特·陆德伦（Robert Ludlum）在《伯恩的身份》（*The Bourne Identity*）序幕转述了两篇报纸上的文章，它们不但使读者对故事中的反派有所认识，还十分有效地为主人公的出场做了铺陈。这个序幕简短却很漂亮，由于读者无须在阅读时调动感情，也就不必再在第一章中重新调动感情。

在"星球大战"系列小说《塔图因幽灵》（*Tatooine Ghost*）

的开头，特洛伊·丹宁（Troy Denning）用简短几句话描绘了莱娅·奥加纳·索罗的一个噩梦。用斜体字印刷的梦的内容如同惊雷，萦绕不散。这样的开头既使读者自愿上钩，又避免了按着他们的脑袋强迫他们理解人物及场景。（平心而论，丹宁有明显的优势，他可以使用那些读者已然十分熟悉的人物。但他的序幕仍然够格作为典范。）

相比之下，我们再来看看一本历史小说的开头，冗长的序幕描述了主角母亲怀孕、分娩，最后终于产下一对双胞胎男孩的全过程。这个序幕不光拖泥带水，还容易误导读者，使他们想当然地认为这个母亲是故事的主人公。事实却是，母亲仅在这一场景中出现，这部小说的主角其实是她年轻的儿子。这个序幕没有为全书提供任何重要内容。

这种序幕虽然透露了相关背景的重要信息，但太多情况下，它们没能向读者介绍主要人物，并让读者理解他们的抗争。这是序幕内容能够被移到故事主干中的典型例子。在应用序幕的时候，记住以下两条指导原则：

- 跳过序幕，除非你非常确定它对小说不可或缺。
- 假如你一定要写序幕，写得简短，用有力的悬念开头，尽可能避免平铺直叙和信息倾倒。

梦境片段

出版商和编辑通常不会欣赏用梦境开头的小说，基本上是因为它们有着和序幕同样的缺陷。它们几乎无一例外地缺乏有力的悬念、角色、背景冲突与框架。当然这一规律也有失效的时候，例如上文所提《塔图因幽灵》的序幕。但一般来说最明智的做法是去掉对梦境的描绘，换上一个更加强有力的开头。

梦境偶尔能够被用于定下小说的基调，引出故事里的象征手法，或供人一哂。但倘若你执意要将梦境的内容写进书里，最好将它控制在一个自然段之内。实际上，一个简短的句子（"安德烈从又一个充斥着蝙蝠与彩虹的梦中醒来"）可能最为理想。否则，你将面临让你的读者迷惑、无聊和疏远的风险，有一本用三十页来描绘一个梦境的小说便是如此。作者的确有意将梦雕琢得像个真的梦境，但这么做的坏处是，小说也像梦一般天马行空，缺乏连贯性，空泛而了无意义。没有多少读者会喜欢这些特征的综合体。另一个坏处是，大多数的梦境对于剧情主线和人物成长几乎不起任何作用。

在屈服于用梦境做你小说的开头这一诱惑前，先放下笔，问自己以下问题：

- 这个梦对故事发展是必不可缺的吗？
- 它能否让人一目了然？

- 它是否包含冲突或张力？
- 它能帮助人物成长吗？

假如你对其中任一问题的答案是"否"，最明智的选择就是将这个梦裁剪成一两句话，或者全部删除。

预叙：谨慎使用

你大概已经得出了作者最好不要在书的开头耍花枪这一结论。不过，的确有例外存在。其中一种间或十分见效的手法就是预叙。

一言以蔽之，作者会用发生在后面故事中千钧一发的一个场景作为全书的开头，用一个悬念结束它，再从头解释书中人物是如何走到这一步的。假如运用得当，这种技巧能够引起读者无穷的好奇心，催促他们翻开书页查明情节接下去会如何发展，而这个故事又是怎么开始的。

例如，埃德娜·费伯（Edna Ferber）为读者所钟爱的历史小说《演艺船》（Show Boat）就将一些内容放在了故事背景之前，包括主人公父母的相遇和结婚、她的出生，以及这一家人最后买下演艺船。但这些情节没有一个能够抓住读者让他们接着阅读下面的故事。然而，费伯聪明地在阐述故事背景之前先吊起了读者的胃口。

她钓人上钩的方式是在开头描绘了已经是一个成年女人的主角的初次分娩,她身处一场可怕的洪灾中,正在一条河上艰难地生下她的第一个孩子。费伯的这个故事背景以及她勇气可嘉的主角吸引了读者。她不但让读者好奇主角是否活了下来,还让他们想知道一开始发生了什么事才将她逼至这步境地。结果就是,她在第一章就让读者成了网中之鱼。

正如一切其他打破陈规的技巧,作者使用预叙时应该尽可能谨慎。但假如预叙能得到恰当的运用,它作为开头可能比序幕和梦境更加吊人胃口。

如何处理背景故事

或早或晚,绝大多数作者都会感到在故事开头直入主题对他们的限制。要是我们不把故事开头以前的重要背景告诉读者,他们如何能理解当下发生的事?然而我们既不能把信息一股脑儿地扔给他们,也不能滥用开场白、闪回或者梦境,那我们该怎么做?如何才能既避免让读者陷于困惑,又避免在第一章中将背景写得太长?

作者不如仿照欧内斯特·海明威(Ernest Hemingway)在他的经典短篇小说《弗朗西斯·麦康伯短促的幸福生活》("The

Short Happy Life of Francis Macomber"）中使用的大师级技巧，这篇小说讲述了一个富有而无能的男人和他居心叵测的妻子一起游猎时发生的事。小说从故事的正中间开始，第一句话就告诉我们"现在是午餐时间"，而角色们正"假装什么事也没有发生过"。我们觉察到在故事开头前有重要的事发生，但也就到此为止。海明威吊起了读者的好奇心，然后猛然将他们扔进他的故事里，直到十页之后（差不多是小说的 1/4 处），他才放缓步调，转而讲述关键背景——主角在一只负伤的狮子面前表现出的胆怯。

要是海明威一开始就对背景单刀直入，读者就不会理解初始事件的重要性。但是，正因为他先引起了读者的好奇心，为他们设下靶子，读者不但对背景充满耐心，并且迫不及待地想知道接下来发生了什么。

当我们对背景避而不提甚至有意隐藏的时候，它们对读者产生的影响是最大的。背景的诱人之处就是笼罩着它的云霾。读者知道背景的存在，看得见角色如何受其左右，但他们无须了解事实细节。

分别来看看《红花侠》(*The Scarlet Pimpernel*) 的两版电影改编——莱斯利·霍华德（Leslie Howard）出演的 1934 年版和安东尼·安德鲁斯（Anthony Andrews）出演的 1982 年版。两部电影对经典故事的改编非常接近，唯一的区别是时长更久的 1982 年版花了几乎一个小时来详细讲述帕西·布莱克尼爵士对他妻子的追求、他的婚姻，以及他是如何发现他的妻子对一个在劫难逃的法国贵族家庭的背叛。在1934年的版本中，这些事件被编入背景，仅由穿插在整部电影中的零星片段道来。由于这种不同，更早一些的版本对故事的叙述更有感染力。

从这两部作品里我们能够得到两个教益：

- 背景故事必须起到关键作用。假如它在情节推动上起不到作用，你就没必要为此浪费笔墨。
- 你必须精巧地在故事里安排背景内容，才能令读者理解它对情节的重要性，并期待对你的人物的秘密过往进行一番探究。

背景故事就像压舱石，旨在为小说增添深度和意义，并为新的解读提供可能性。假如我们在故事里引入长篇累牍的背景，或者通过大量充斥着细节的闪回来描绘它（在故事的开头，或接下来的章节中），我们就会让读者感到本应藏匿在水面下的那9/10的冰山失去了重量。

让背景不多不少地占有它该占的篇幅，除了能让情节更为紧凑，还能让故事有所留白，令读者和你一同进行创作。如果你能激发他们的想象力，让他们替你补全完整的故事，你就已经在促使他们投入兴趣和情感方面取得了一半的胜利。

三幕结构是人脑看待世界的内在模式；这样的结构与人脑内无法改变的蓝图相吻合……

——爱德华多·诺尔佛（Edoardo Nolfo）

第四章　第一幕，第一部分：引介人物

既然你已经将读者钓上了钩，下一个任务就是用好小说的前几章，让读者了解你的人物、设定和险情。小说前 1/5 到 1/4 的内容构成了故事中的铺垫。乍看上去，将如此巨大的篇幅花在介绍上似乎很多余，然而，假如你希望读者能从头至尾地看完你的故事，首先你得让他们有理由来关心这一切，而这正是能让你实现这一目标的重要内容。纯粹的好奇心只够让读者阅读至此。一旦你激起了他们的好奇心，就必须把钩沉得更深，在读者和人物之间建立起情感纽带。

这些"引介"的对象远不止人物、设定和险情。假如剔除其他内容，对人物本身的呈现花费的篇幅很可能没有多少。在介绍完基本情况以后，深化人物形象、塑造已然萌生的险情，这些部分才真正开始。

小说的前 1/4 是用来积累对你的故事而言不可或缺的构成元素的。安东·契诃夫（Anton Chekhov）有一句著名的建议："假如在第一幕的墙上挂了一把手枪，那么下一幕中它就必须开火。"这句话反过来说也站得住脚：如果你要在接下来的故事中让一个人物扣动扳机，那么作者在第一幕中就必须引入这把枪。后续章节中的故事必须与你在第一幕中就向读者引介的内容相符。这便是你在撰写此部分时的第一要务。

你的第二个任务是给读者一个深入探究人物的机会。他们是谁？他们性格的核心是什么？他们在内心信仰哪些东西？（具体而言，他们的哪些信仰将会在小说中经受挑战或者被巩固？）要是你能在一个——如我们方才所言——展现性格的"黄金时刻"将人物引介给读者，读者立刻就能对其人产生了解。从这里开始，随着你不断埋下有关险情的伏笔，剧情逐渐成形，最终冲突将会在激励事件和重要事件的添柴加薪之下爆发。

有些时候作者会面临压力，感到自己有必要直截了当地迈入故事剧情，为此他们牺牲极为关键的人物塑造也不足惜。没有人希望自己写出的故事无聊透顶，正因如此，作者急于在小说里塞满爆炸、打斗和高速追车场景，直到他们腾不出余暇塑造至关重要的人物为止。对人物的塑造在故事的第一部分有着无可比拟的重要性，因为对读者而言，中心剧情在全书的 1/4、1/2 和 3/4 处依次揭晓前，他们首先必须理解人物并与其共情。

不少夏季档流行大片都由于缺乏对人物形象的刻画而受到批评，但史蒂文·斯皮尔伯格（Steven Spielberg）的《侏罗纪公园》是个再三颠覆这一印象的、值得玩味的反例。没有人会声称这部电影从容、深度地塑造了人物，但其精妙的节奏把握、对待角色刻画细致入微的态度（尤其是在第一幕中），都令这部作品远远超越了怪兽电影这一类型的局限。假如有些观众意识到情节直到电影的 1/4 处才开始升温，这个发现可能会让他们大吃一惊——在第二幕过半前，电影没有给观众带来任何能让他们尖叫、肾上腺素飙升的瞬间。

斯皮尔伯格用第一幕营造悬念，同时培养起观众对人物的忠实感情。在人物抵达公园的时候，我们已然对他们有所关心。由于电影中的那些预兆，我们对他们安全的担忧已经有所显露了。观众知道，正濒临险境的是这些人物自己。斯皮尔伯格明白，假如他能用人物本身作为鱼饵来吸引观众，他就有充分的时间推动他的故事走向一个精彩无双的高潮。

探索你的人物

我对故事的构想几乎总是从某个人物开始的。一个令人着迷的角色能叩响我的想象之门，我在开门时能感受到从门外吹来的风（有时是微风，有时是狂风）。你能理解那种感受吧？作者神魂颠倒,既痴迷又好奇。如此的经历和恋爱颇有些相似。

在创作阶段疯狂的激流之中,我们的身心都被这个角色占据了,顾不得构想其他人物。但一旦我们在书桌前坐下,就必须先把对这个角色的过度喜爱束之高阁,敞开心扉,向其他所有角色都倾注感情。即便是站在我们对立面的角色,也需要作者投入同等的喜爱。

为什么?因为我们难免会在语词和字里行间对人物真情流露。假如作者讨厌某一角色,读者是会知道的。读者会注意我们用来描绘反派的词,并感受到我们对他们不甚积极的评价,即便这些内容来自这些人物本身的视角。这时候,故事的内在真实性就会分崩离析。

在许多方面,作者和演员不乏相似之处。当我们从某一人物的视角叙事时,我们必须成为这个角色。假如作者对他缺乏好感,就很难与人物感同身受,最后往往只会抬高鼻子说教。

> 艺术家不应该对他创作的人物与其言行进行是非评断,他最好仅做一个不带偏见的观察者。〔安东·契诃夫,引自《像作家一样阅读》(*Reading Like a Writer*)〕

对主角产生好感是一件十分容易的事,因为主人公常常属于惹人喜爱的类型。但有些时候,出于故事剧情的需要,即便是主角可能都不得不被塑造得难以让人产生好感。经典文学充斥着诸如斯嘉丽·奥哈拉和拉斯柯尔尼科夫这样的角色。唯一能让读者关心这些人物命运——尽管他们犯下了恶行——的条件是，作者自己对他们也同样关心。

深入每个角色的内心，找到他做出每件事的理由。假如你不愿接受他对自己的辩白、不承认自己理解他的行事缘由，那么你对这个人物的理解就不足以让你刻画他。没有一个角色是非黑即白的——英雄不是，恶人也不是。有些情况下，英雄和恶人几乎全然相似，他们之间的区别不过在于各自朝相反方向踏出的小小一步。

一旦你理解了你的人物，并打心底里接受他们，你就能放手大胆地刻画他们了。不要含含糊糊，也无须怀抱愧疚，对他们的淘气行径大摇其头并非你分内之事。

> 让陪审团的诸位来评断他们（人物）吧；我的职责仅是展现他们是怎样的人。（安东·契诃夫，引自《像作家一样阅读》）

我们都知道一个魅力十足的角色是什么样子的。汉·索罗、简·爱、汤姆·索耶、安妮·雪莱、杰伊·盖茨比，我们都为这些人物的表现喝过彩，他们是我们希望放进故事里的那类角色。然而，看着汉·索罗在银幕上自吹自擂显然要比描绘一个对读者有着同等吸引力的角色容易得多。

有些时候作者会交好运,一个绝妙的角色浑然天成地落进书页间。另一些时候,人物可能就不那么合作了,我们必须花费许多力气才能让他们变得既有趣又讨人喜爱。我们无法找到一个刻画精彩人物的绝对模板,但我们能够对书籍和影视作品中那些了不起的人物做一番剖析,看看是什么成就了他们的光彩。

首先,拿起一张白纸,把你喜欢的人物列成一份长长的清单。接着,仔细思忖你为什么喜欢他们,然后写下那些唤起你共鸣的人物特质。尽可能用一个词来描述这些性格特质,以便使这份清单保持简短和普遍性(让它得以用在很多人物身上)。

几年之前我做过这件事情,为的是探究最优秀的女性形象是由哪些特质成就的。以下是我的部分成果:

- 《最后的莫希干人》(The Last of the Mohicans)中的科拉·蒙罗:坚毅,勇敢,忠诚,思想开明。

- 《傲慢与偏见》中的伊丽莎白·班内特:聪慧,活泼,固执己见,忠诚。

- 《情话童真》(Ever After)中的丹妮尔·德·芭芭拉:乐观,顽强,富于热情,理想主义,恪守道德。

- 《天地无限》(Open Range)中的苏·巴顿:善良,勇敢,公正,慷慨,处变不惊。

你清单中的性格特质可能与此不同,这取决于你审视的是哪些人物,以及你个人的价值取向与偏好。但在列完清单的那一刻,你脑中应该已经出现了你希望突出的性格特质的圆满概念——你希望它们也能在你的人物身上表现出同等魅力。

无须赘言,此处需要的技巧是让你的人物自然而然地显露出这些性格特质。构想一个坚毅、勇敢而可爱的女主角并无大碍,但你无法强行将这些特质堆砌给一个角色。你必须在她身上下功夫,一点点构想她的性格、出身和追求,并确保这些特质全都成为她个性中的内在部分——而不仅是粘在身上的漂亮标签。

你需要引介哪些人物?

每个故事中的重要人物的出场时刻都会以不同的方式分散开来。一般来说,故事的主演在第一幕拉响闭幕铃时都应该在舞台上。但你能找到其他反例,有些重要角色很迟才出现在故事中,例如斯蒂芬·霍普金斯(Stephen Hopkins)所著《黑夜幽灵》(*The Ghost and the Darkness*)中的赖明顿,伊丽莎白·盖斯凯尔所著《锦绣佳人》(*Wives and Daughters*)中的辛西娅。不过,这些角色的登场必须精心设计。随心所欲地加入一个新角色并不是什么好主意。

尽可能在第一幕中介绍以下故事参与者:

- 主人公。（不出意料，是吧？）尽早让主人公同读者见面——假如有可能（这样的可能性总应存在），你应该在第一幕中就向读者介绍他。及早引介主角是发给读者的一个信号，暗示他们正在读的故事正是围绕此人展开的，他们需要对这个人物培养起忠实感情。

- 对手。多数情况下，你同时也应该尽早在故事里引入对手，这既是为了开始积累冲突，同时也昭示着为你的角色所牵挂的物事将要面对的威胁（这部分在后一章中有更多介绍）。假如你发现你很难在开头就把对手引介给读者，那么起码要提示一下他的存在。

- 爱慕对象。这类描写尤见于爱情小说类的作品，但即使恋爱内容仅作为小说的次要情节出现，大概率上你也应该在这一部分就开始让主人公的爱慕对象亮相。你不必现在就明确告诉读者这两个人会陷入爱河，但你至少应该早早介绍这一人物，来凸显其重要性。

- 帮手。一个故事或许会出现许多来了又走的小角色。有些有其重要性，有些则无足轻重。然而，对于那些在大半本书里都处于主人公阵营的角色，作者至少需要在第一个情节点来临前让读者对他们有简单的了解。

- 导师。导师型人物的塑造通常要比小角色更难把握。一般来说，他们会在前两幕中的任一时刻出场，具体时间则取决于他们本身的重要性，以及占据故事篇幅的长度。然而，写作者应该尽可能避免在剧情中随便地进行转折，为此我们应该引介或至少暗示导师的存在。

理想情况下，从第一章开始你就应该向读者介绍人物。这并不代表剧情一定要细水长流或者一波三折。诚然，故事的每一场都应与剧情发展相关联；每一场都是环环相扣的多米诺骨牌，推动着人物走向一条无法回头的前路。但你理应尽可能避免在小说开头塞入过多情节，并白白浪费在故事的列车真正飞驰前就勾画出血肉鲜明的人物的机会。

按照角色数量的多少和小说设定的复杂程度，作者应该将不同角色的首次亮相分散安排在最早的几个场景中。这么做不但能防止角色过多，还能在每个人物登场时给他们留出活动筋骨、展示个性的空间。

假如你能给读者充分的时间，让读者在脑海中勾勒出每个人的形象，将角色和他们的名字分别对号入座，读者记住谁是谁的可能性就会大大增高。倘若你仍然执意一次引入更多的人物，那么就最好确保他们都特征鲜明，不会彼此相混淆。如果你的篇幅不够，你可以加入独特的对话或令人感兴趣的身体特征描写——尤其是那些在情节中有一席之地的，你可以在之后的故事中再次予以强调，以此提醒读者每个人的身份。

有多少人物才合适？

对大多数作者来说，人物是我们提笔写作的最终动力。当我们听见脑海里的声音时，我们迫不及待地将这些人物在纸上写下，以端详他们的模样。于是我们便开始写作了，每当剧情出现新转折，我们都让新的人物加入故事。有时候一个人物会引出另一个的存在，接着又引出第二个、第三个。那么，如何判断一部小说什么时候不再需要新人物的出现？换言之，多少角色算是过多？

如果我能告诉你每本书应该有不多不少的二十七个人物，可能的确能带来诸多便利。然而这样的好事并不存在，每个作者都得自行决定自己的故事需要多少人物。在决定时，你必须牢记人物过量的坏处。

首先，给读者造成困惑是一个显而易见的事实。你的小说中人物越多，读者遗忘他们的身份、陷入迷惑的可能性就越大。同样，你的人物越多，将他们都刻画得血肉鲜明的难度就越高。

其次，你还得解决故事碎片化的问题。假如你想在这么多人物之中兼顾故事主线、支线剧情和主旨，最后你很可能会把它们都抻成单薄的纸片。

仔细审视你的角色，想一想：每个人在故事中要起到什么作用？有多少人物将在高潮场景中占有一席之地？相反，又有多少角色对结局而言是无关紧要的散沙？这些角色可否彼此合并？睿智的叔父和住在隔壁的警察能不能是同一个人？

有的时候,你可能会痛苦地意识到某些角色缺乏实际意义,为了整本小说考虑,他们必须被删除。作者和读者都喜欢形色各异的人物,但角色阵容越精简,故事就越紧凑有力。

帮助读者分清角色

最好不要给不同人物取同一字母开头,或者在发音上相仿的名字。多数读者都习惯视读,而非将字句默念出声。同时,由于大部分人通常在一秒内同时阅读多词,读者很容易仅由对名字首字母的一瞥来判断现在出场的是哪个角色。作者要是给人物取首字母或多个字母重合的名字,读者最后会被搞糊涂。当不同角色的名字呈现在纸面上的轮廓看上去很类似时,这个问题就变得尤为严重。

当出场角色数目庞大,或者当某个人物在他的名姓问题上有些固有坚持的时候,选择首字母各异的名字可能不太容易。有时候作者可以通过改变拼写来保留名字的发音,比如用奎姆代替金(Qim-Kim),卡西代替凯西(Kathy-Cathy),并减少读者混淆的可能性。假如其他字母的顺序或音节个数区别足够大时,使用首字母相同的名字也许不会催生问题。

作者时常给读者造成困惑的另一种情形,是人名的使用缺乏连贯性。有这么一本历史小说曾经让我对人物各自是谁、现在出场的是谁、说话的又是谁,以及每个人的基本身份全都丈二和尚摸不着头脑。

  这本小说的问题有两个方面。首先,作者在写作中经常缺乏对人物名姓的交代——连续几页都用"他"或"她"来指代角色。代词在小说中有绝佳的用途,在一个场景中仅有一两名人物出场时,可以用一两个字母取代烦琐且并非必要的姓名重复,还能使读者感到与人物空前地贴近。然而,尽管有着诸多裨益,作者在使用人称代词时也不应冒着给读者造成混乱的风险。在不确定时,应当使用人物的名字。

  其次,即使是在作者乐意用角色的大名直呼他们的时候,他也用了不止一个名字,即人物姓名的多种变体。少数情况下,你会见到有些书(军事惊悚小说通常是罪魁祸首)用角色的名字、姓氏、绰号、代号、军衔,还有只有作者才知道是什么的名字来称呼角色。简洁的写法能让人看见作者的自信和写作上的娴熟。你的人物拥有的绰号和代号可以多到足够让伊森·亨特(Ethan Hunt)为之自豪,但请你照顾读者的感受,在对人物的称呼上从一而终。

  这些问题均十分容易找到解决方案。作者可以在为人物取名时发挥额外的创造力,这不会对小说造成任何损伤。

一本好小说的出彩由冲突、张力和优秀的险情博得。

——威廉·兰德（William Landay）

第五章　第一幕，第二部分：对险情与背景的引介

随着第一幕的人物介绍的进行，你还需要营造一系列场景，让读者从中得知主角将会面对哪些险情，以及哪些设定将发挥重要作用。在某种意义上，第一幕有点儿像戏剧或音乐讽刺剧的节目说明书。它的主要目的是让读者为即将到来的剧情做好准备。最初几章的用途是让读者了解哪些人物是重要角色、故事属于什么类型，以及他们的旅程将通往何处。

引入故事中的险情

在你的人物登台亮相时，故事里的险情也应当随他们一道而来。他们牵挂的人、事、物，以及反派向这些人、事、物施加的

威胁必须登场（或者作者最起码要有所暗示），以预示将变得越来越深的矛盾。

为了让读者心满意足，作者得甘愿恶劣地对待他们的角色。所有小说家必须学会的第一件事就是设计险情。设想一个人物身上可能发生的最糟糕的事，然后再雪上加霜。

丢掉工作——呃，这还没那么糟。那么，或许在他失业之后，他的女儿还遭遇了绑架。但这仍不是有可能发生的最糟的事情。或许他的女儿和总统一同被绑架了。或许他们在一场天启式的暴风雪中，被以大脑为食的外星人绑架，与此同时一场核战已经处于爆发的边缘！

现在小说才算有像样的险情了。想一想：角色的处境还可以更艰难一点儿吗？

当然，你可能又要问自己另一个问题了："如此安排会不会让险情过于严峻了？"并非所有小说都得让人物山穷水尽。一次毁灭性的核灾难也许并不会为你平静无波的文学性叙事添光增彩。即使是政治惊悚类或战争类小说，也不会由于核灾难的出现而变得更有意思——假若浩大的险情导致最重要的部分（即人物）从读者关注的焦点中偏离的话。

如果你过于突出险情，将它远置于故事的范畴和基础的冲突之上，最后你的小说要么沦为一堆顺序杂乱的独立事件，要么变为一出荒唐的闹剧。永远不要忽略细节，就算你写的是本惊心动魄的冒险故事也一样。

牢记你为你的人物构想的成长路径。有些角色可能需要经历一场核灾难才能得到教训，在思想行为上发生质变。但有些时候，故事情节需要的催化剂（发生在某个人物身上的"最不走运"的事）可能是更小、更私人的东西。

不管这"霉运"具体是什么，你总要在第一幕中就埋下铺垫。如果主角的女儿将遭遇绑架，第一幕要做的就是向读者展示她对主角有多么重要。假如不存在一个遭遇危险的对象，险情就无法顺理成章地出现。

克里斯托弗·诺兰（Christopher Nolan）的作品《盗梦空间》(Inception) 在这类技巧上为我们做了大师级别的示范。第一幕中，早在人物距离他们的任务还十分遥远的时候，诺兰就已经让观众知道这些人正四面楚歌，他们的赦免权、人身自由、快乐，甚至精神状态全都受到了威胁。

随着故事的推进，一切可能出现差错的地方都出了岔子。角色被一队残暴的袭击者包围，他们发现防护装置都消失了，他们所处的时间线急遽缩短，而其中一个角色掌握的秘密则对他们的性命造成了尤为严峻的威胁。

假如电影没有事先向观众强调角色未能战胜危机的代价是什么，这些难题就没有一样会显得重要至此。即使去掉令人肾上腺素飙升的动作场面，险情本身也足够让观众对人物全情投入到啃起自己的指甲。

仅仅提到你的角色将面临的险情是不够的,你必须花时间令其充实。不要由于过于匆忙地开展剧情而忽略这个重要的基础。你可以直截了当地对险情进行解释("我爱我的小姑娘。"这个父亲说道,"为了让她拥有更好的生活,我愿意做任何事。"),也可以通过行动描写来展示这一切(父亲温柔地在游乐场上为他的女儿推秋千),又或者双管齐下。

但凡有可能,作者应该多花一些笔墨,在爆炸性的事件出现在视域前,让读者先瞥一眼身处"寻常世界"的人物。这么做能够和马上来临的考验形成对比,即便你此时已经让读者知道了若未能战胜危机,人物面临的后果将会是什么,并以此营造出了紧张感。西部片中的经典《大地惊雷》(*True Grit*)给我们做了优秀的示范。倘若电影以爆炸性事件作为开场——主人公马蒂·罗斯的父亲遭遇谋杀,我们就失去了立刻意识到马蒂是电影的中心人物的机会,也无缘得见她和她父亲之间令人动容的亲情。

导演亨利·海瑟维(Henry Hathaway)将影片开头的节奏放得足够慢,让观众观看几个简短的镜头:罗斯的农场,马蒂的家人,谋杀犯汤姆·夏尼与这一家子间的关系,特别是马蒂和她将要遭遇不幸的父亲的互动。在数场戏之后,喝醉的夏尼夺去弗兰克·罗斯的性命时,观众对方才发生的这件事便有所在意;而当马蒂决心找出杀害她父亲的真凶时,我们就彻底被电影吸引了。

表明主角对某些人、事、物具有深厚感情（他的家人、他的工作、他的荣誉等）的迹象越多，随后这些物事遭遇威胁时，险情就越紧张。第一幕是你的第一个，也是唯一的展示这些迹象的机会。到了小说的 1/4，即第一个情节点出现的时候，故事的进展速度会加快，你就无法再从这些方面刻画你的角色了。

引入背景

为什么背景的引介如此重要？除了最显而易见的理由，即让读者对故事世界有基本了解，安排精巧的设定能让小说前后呼应、具有连贯性。小说背景是将故事联结在一起的可视骨架。假如你的故事在监狱中发生，那么你的读者就会在脑海中把故事放进这样的场景里。《肖申克的救赎》(*The Shawshank Redemption*)、《大逃亡》(*The Great Escape*)，听见这些电影名让你有什么样的感受？监狱这个地点给故事以意义，并对情节的建构有所作用。

那么，假如你打算写一个发生在监狱里的故事，但你希望让角色直到全书 1/4 处的第一个情节点才锒铛入狱呢；假如第一幕中的场景不会再出现了呢。或许故事的主角在一开始是一个享受家庭生活的温柔男人，后来因为蒙受了冤屈的指控而被丢进大牢。在小说的前 1/4 中，你力图塑造他与他的家人在郊区的那个"寻常世界"。忽然，嘭！他就身处监牢了，在剩下的故事里他都回不去了。

即便随后将会出现一大堆新的背景，你的原始背景仍然是至关重要的——对人物和险情的塑造均是如此（看到小说各个部分千丝万缕的联系了吗？），对你可怜的主人公被扔进监狱时产生的对比仍是如此。背景是故事真实性的基础，如果你让读者相信他们看到的是真实存在的场所，那么你对抗他们怀疑的战争就赢了一半。作者永远不应该随心所欲地选择背景。在你开始故事创作的时候，记得把剧情需要的是什么类型的背景纳入考虑范围，并用尽可能少的额外设定创造最为深刻的阅读体验。对背景的复杂程度进行控制，不但能减少你和读者需要时不时多加留心的内容，还能给你更多深化已有背景的机会；此外，背景的简化还能让你在故事的关键情节中回溯主题，并由此让首尾呼应。

让我们假设前文例子中的阶下囚父亲在故事的高潮被监狱释放了。如果你在小说合上帷幕时让人物重回他在郊区的家庭，故事就有了完整的始与终，小说的开篇就能与结尾珠联璧合。相反，要是在故事的结局他没能回家，你或许就应该质疑，将郊区作为小说开端的背景是否算一个最佳选择。

那么要是主人公正处于旅途中，故事没有主要背景呢？公路小说的作者要面对的是一系列全然不同的问题。在这类小说里，你需要布下的是"短时背景"。先提醒读者人物将会在不同背景之间跳跃，然后利用无论人物身处何地都一成不变的细节来夯实这些背景。要是他正和沙漠骆驼旅队处于沙特阿拉伯,或者只身开着他的四轮驱动的吉普车穿越国境线,无论他的目的地位于何处,这些细节在本质上已经等同故事背景。

公路小说——尤其是公路冒险小说——那缺乏既定标准的本质,使得异国本身成为它们的故事背景。假如你的故事采用异国背景,并且角色不会在此地做长时间停留,那么这些铺垫就相当于国内故事的第一幕,作用是让读者完全适应一到两个主要背景。

选择背景

在所有故事中,背景都能被归为两类:永久型和即抛型。

永久型的背景为那些只能发生在特定地点的剧情所支配。在《傲慢与偏见》中,伊丽莎白·班内特和费茨威廉·达西在伊丽莎白拒绝后者的第一次求婚之后的重聚,就无法在其他地方发生——除了在达西位于彭伯利的家产那奢华的地皮上。由罗兰·埃梅里希(Roland Emmerich)执导的、发生在美国大革命背景下的《爱国者》(*The Patriot*),其中众多独具特色的打斗场面就只有发生在南卡罗来纳州,才能确保其历史精确性。同样,詹姆斯·费尼莫·库柏(James Fenimore Cooper)的作品《最后的莫希干人》,除了发生在法国围攻威廉·亨利堡时期,没有另外合理的历史背景。

这些相似的故事中同样也有对**即抛型**背景（即那些不为情节要求所限的背景）的运用。比如，《傲慢与偏见》中伊丽莎白拒绝达西求婚的一幕，就可以在几乎任何地方发生。书中的这一情节是在起居室上演的——一个符合情理、现实主义的选择。而乔·莱特（Joe Wright）则在改编电影里对此处进行了调整，影片中的求婚情节发生在伊丽莎白躲雨的那个华美的石像下。简·奥斯汀原作中的起居室这一地点或许足够让这个情节顺利发生，但电影版本仅通过更换背景，就发掘出了新一层次的张力和美。

《爱国者》中的主角，民兵组织的队长，必须选择一处能让他进犯敌军和躲藏匿身的大本营。电影本来可以在随处可见的某片森林中找到合适的基地。然而，导演选择的却是沼泽中的一处墓地，这片墓地被半淹在水里的碑丛覆盖。从感染力角度来看，沼泽也远为寻常的森林背景所不能及。

最后，迈克尔·曼恩（Michael Mann）版本的《最后的莫希干人》中那从头至尾都极佳的背景感，没有一处比那刻意延长的逃脱场景中体现得更加淋漓尽致了。在这一场景中，主角们将他们空荡荡的独木舟推下一个瀑布，然后在瀑布的背后找到他们的藏身之处。此情此景不但在剧情中显得合理，还将观众扔进了一个为迷雾、水和浮影所环绕的神秘世界，从而为这一场景带来了不落窠臼的新基调。

这三个故事对背景的使用证明：在少数地方施力就能简单地让同一场景改头换面。下次你在故事里加入即抛型背景时，请先停笔深思。添上一个富有趣味或出人意料的背景，你能让这一场景更上一层楼吗？有时仅需改一改背景，你就能让同一场景在深度上有所增加，张力上有所增强，甚至挖掘出崭新的故事角度。

利用人物的周边环境

我认为看电影时最有意思的部分之一，就是观察主角惯常的生活环境。他的厨房、卧室、办公室均能让人窥见他的性情。电影在视觉上的传播方式让它得以涵盖许多细节，有些微不足道和精巧到甚至不为大多数观众所注意。小说作者就无法在细节上登峰造极，并同时避免让读者对购物清单般的形容生出厌烦。但千万别以为你就不能用人物的周围环境让读者对他萌生更加私人化的理解了。

在《亚当·比德》（*Adam Bede*）中，乔治·艾略特（George Eliot）通过事先引出他们的住宅来向读者介绍一个农户家庭。她先让读者遍览整栋房子，然后深入描绘细节，比如羊毛、堆叠在角落的空苞谷袋和地上的一个儿童玩偶。在读者认识家中任何一个人之前，艾略特已经把对家庭成员的准确印象根植进了他们的脑海——她向读者展示这些人物的住处，让读者了解他们怎样保护自己的财产，又珍视其中的哪一些。

只要你的小说能提供这样的便利，作者就应该安排主人公的私人生活在至少一个场景中出现——越早越好。在主人公首次出现在日常环境中时，给出一个场景速写，然后让重要的细节贯穿这个场景。人物的衣着是邋遢还是整洁？他是个富人还是个穷鬼？我们能从他摆在外面的物品中猜出他的兴趣爱好吗？有哪些线索指向他的过去，以及他对未来的希冀？

只要你能让读者从中获得乐趣，他们就不会对场景描写有异议。阅读以及写作的其中一个动力，就是对平日不能触及的地方一探究竟。不要仅仅因为你认为读者对此漠不关心，就削减在背景上花费的笔墨。读者的确在乎——只是在程度上有所保留——登场事物的外表和人物接触这些事物时的感受。运用所有的感官，写出具体而微的细节。假如你需要洋洋洒洒写上几长段，那就不要缩手缩脚，但同时你也应该让你要传达的内容在故事中均匀分布。

无论你在写什么背景，你都应该先假设至少某一部分读者对你所写的内容并不熟悉。对你熟稔于心的披着露水的群山在清晨的气味做一番描述，要么能向从未造访山间的读者展示新东西，要么可以让对此番感受有着明确印象的读者再次确认你的所指。因此，不要抱着读者将自己填上留白的期望偷工减料，毕竟很难说他们是否会这么做。

文学和影视作品中的案例

让我们观察一番,看看以下四个案例中作者和导演是如何巧用第一幕,将人物、险情和背景均推至台前的。

- **《傲慢与偏见》**:奥斯汀在小说的第一幕就将三者全盘托出。短短十页内,我们已同所有主要人物都打过招呼,对背景有所了解,并意识到班内特姑娘们将遭遇哪些不幸——假如她们无人能将宾利先生钓来当金龟婿的话。在第一个情节点到来的时候,这些姐妹已经为我们所熟识了。简的美貌和温柔最终会替她赢得一位丈夫,伊丽莎白的独立和强硬主见将把剧情冲突推向顶点,而最小的妹妹莉迪亚表现出的缺乏责任感的性情已然预示着她的未来,并对随后的故事有所左右。我们还认识了宾利、达西和韦汉。在第一幕结束前,宾利和简坠入了爱河,伊丽莎白则打定主意讨厌达西——这是推动未来故事发展的两个基本元素。

- **《生活多美好》**:这部经典影片的前1/4全心全意、直白且动人地致力于对人物的勾描。以让新手天使克拉伦斯熟悉乔治·贝利为借口,顶头上司天使带着我们回溯了乔治过去最重要的那些时刻。我们看见孩提时期的他救了他小弟弟的命,他的一只耳朵失聪,还阻止了老高尔先生在无意中给一个顾客下毒。我们对青年乔治投以一瞥,他计划从

"糟糕透顶"的贝德福德镇逃跑,即使他已经爱上了可爱的玛丽·海琦。在激励事件和核心事件真正发生时,我们已经对乔治·贝利知根知底;我们认识了贝德福德镇和那里有趣的居民;我们还从乔治的父亲处对故事里的险情有所知晓,他解释说,正是贝利兄弟的建房贷款合作公司让大家面对邪恶的老波特时有了一隅避风港。

- **《安德的游戏》:** 卡德选择在第一幕中就让观众明了故事发生的位置——轨道空间站上的战争学校。智力超群的孩童被送入这所学校接受抵抗外星人入侵的训练。我们通过初来乍到的主人公安德·维京的眼睛来了解这个奇特而残酷的地方,与此同时,我们也对安德这个人物有所认识。我们看见了他的决心、他的善良,但也目睹了潜藏其下的冷血无情——故事最终就围绕这一元素展开。几乎所有重要角色都得到了引介,而故事中的险情也在读者面前逐渐显露——要是安德不能克服他过小的年龄带来的不便,同时在此地取得出类拔萃的成绩,那么不光人类会遭遇危机,安德自己亦将如是。

- **《怒海争锋:极地远征》:** 在开头那场凶残的混战之后,电影大大放慢了速度,让观众得以了解主要角色——船长、外科医生,还有一打各具特征的船员小角色。开场的混战除了令观众一睹险情之外,还让他们看见人物对其做何反应

（最引人注目的就是船长对整艘船的整修和与敌人交战的强烈愿望），让我们理解他们为何而战，以及一旦战败，下场是什么。在船员努力修缮战斗对船只造成的损伤时，我们还能对船的内部构造一探究竟——这几乎是整个故事里的唯一背景。

其中的教益

这些大师级的第一幕能让我们有哪些领悟？

- 假如你抛出的钩子产生了效果，你就可以放心大胆地放慢故事节奏，来周到地引介和深入刻画小说角色。
- 人物显要的性格特质、追求及其信仰都应该得到足够的笔墨。
- 作者必须完善和背景有关的要点。如果你这么做了，在小说的第二幕中你就无须停下脚步做更多解释。在第一个情节点到来之前，读者已经被你领上了正确的方向。
- 读者和人物建立起的情感联系是险情得以发挥效用的关键。要让读者理解险情，你必须令他们知悉人物要为自身的败北付出哪些代价。
- 每个场景都有其作用。这就像多米诺骨牌，扳倒位于前面的一张才能触发后一张，让小说势不可当地奔向第一个情节点。

小说的前 1/4 为整个故事奠定基础。薄弱的地基会给最精彩的冲突和高潮带来致命打击。只有打好地基，将所有必需的部分准备停当，才能引得读者急不可耐地想知道你的角色身上都发生了哪些精彩故事。

激励事件(或者"兴奋点"——按照有些人的叫法),即是催生了小说中的主要问题的事件或决定。

——吉姆·霍尔(Jim Hull)

第六章　第一个情节点

小说由一系列的情节组成。有些情节的出现是意料之中，有些甚至是为加深读者印象而对已有内容的刻意重复。然而，有些情节的改变能让一切随之颠覆。这些决定故事走向的就是情节点。这些情节点把对后续故事起决定性作用的重要元素和事件推至台前。你小说中的情节点数量可以由你任意决定，有些情节点较为无关紧要，有些则举足轻重。情节点是故事发展的动力，让各自独立的内容相互交融，使戏剧冲突保持新意，并让你的人物免于一切停滞不前的可能性。

第一个情节点（大约在你小说的 1/4 处出现）可能并不是个恰当的称谓，这是鉴于你的小说可以在前 1/4 出现任意数目的情节点。举个例子，《换子疑云》(Changeling) 的女主人公在电影的 1/4 处（即决定要和腐败的警局斗争到底）之前，观众还目睹了剧情的数个重大转折（包括她的儿子遭遇绑架、对方放还的是另一个男孩，以及警局坚持让她干脆将那个孩子视若己出）。

位于小说 1/4 处的情节点之所以与此前所有其他情节大有不同，是因为它的改变能颠覆整部小说。你的人物此时做下的决定令他们没有回头路可走。第一个情节点标志着背景铺垫的结束，人物马上就要下定决心背水一战了。

但这样的情况不仅仅发生在主人公身上（例如《换子疑云》中女主角的儿子惨遭绑架），而且发生于人物参与某件激进的、不可挽回的行动之中或之后（《换子疑云》的女主人公决定与警察抗争到底）。第一个情节点的发生象征着第一部分的结束，人物对其做出的反应则标志着第二幕拉开序幕。在某种意义上，第一个情节点也是小说第一部分的高潮。

所以，将第一个情节点放在全书 1/4 处这个看似缺乏理由的决定依据何在？为什么最合适的位置是 1/4，而非 1/10 或 2/5？答案很简单，因为读者的本能让他们知道此处有重要剧情要发生。如果你看过或者读过剧情贫瘠的作品——作者将第一个情节点延迟或干脆跳过，你的直觉大概会告诉你这个故事过于拖泥带水。你很可能会感到无聊，还没读完就把书合上去做其他事了。第一个情节点的缺失意味着没有转折点，意味着小说第一幕有拖沓之嫌，或者相反。假如第一个情节点发生得过早，小说的第二幕就会篇幅过长。

如果你在看电影时曾对此有所留意，你会发觉重要情节点的时长可以被掐进一分钟之内。因此，电影作为媒介对于故事结构的研究有着极为显著的价值。我们只要坐下来就能遍览整个故事，并通过将整部电影的时长精确地分为四部分来寻找关键情节点的位置。小说作者对重要情节点的安排更为灵活，但始终记住，四分是确定情节点的基本方法。

文学和影视作品中的案例

作为一部小说中最生动活泼的时刻，第一个情节点既易于确定位置，又是极为有趣的研究对象。让我们来瞧瞧我们用作范例的四部作品在它们的 1/4 处都讲了什么内容。

- **《傲慢与偏见》：** 在尼日斐庄园的舞会过后，达西和宾利姊妹说服宾利先生返回伦敦，忘掉他对简与日俱增的爱情。此时故事里已经发生了许多事。莉迪亚和凯蒂逐渐倾心于民兵；韦汉已经令伊丽莎白对达西产生了恶感；简和伊丽莎白在简的恢复期待在尼日斐庄园；而科林斯先生则向伊丽莎白求婚了。然而，达西和宾利在小说进展到 1/4 时离开了庄园，一切都变了。正是这件事伤了简的心，让伊丽莎白在怒火中对达西产生了敌视情绪。此事还改变了故事的整个格局,因为自此以后不少主要人物都离开了班内特家所在的近郊——在本书的前 1/4,他们一直是班内特家的邻居。

- **《生活多美好》**:在故事的前 1/4,乔治·贝利的人生一直顺利地按照他的规划行进。尽管他在贝德福德镇有过各种各样的不幸遭遇,如今他却马上就要在欧洲度过长假,并迈进大学的门槛了。然而,第一个情节点让他的生活发生了重大转折。在他父亲因为中风而去世以后,乔治的计划崩塌了。就像在《傲慢与偏见》中一样,小说业已建起的印象天翻地覆。这个故事描绘的不再是一个无忧无虑的年轻男子如何在镇子里随心所欲地闲逛。从此以后,这个故事的主人公是一个被迫承担责任、接手凝结着他爸爸心血的企业的男人。

- **《安德的游戏》**:在小说的前 1/4 处,安德在与恶霸伯纳德的冲突中赢得了胜利,然后从学校毕业,并成为蝾螈军队的一员。安德自己的聪慧、坚韧和领导才能让他在战争学校有了一席地位。他已然向他自己、其他孩子和旁观的导师们证明,他为活下来可以做任何事。第一个情节点让安德迎来了崭新的生活,让游戏(我不是故意说双关语)发生了重大转折。作为蝾螈军队的一员,他马上要在一个全新的环境里生活,而故事本身也将迎来下一章和全新的挑战。

- **《怒海争锋：极地远征》：** 在"惊奇号"休整完毕，调头向大海驶去、寻找法国私掠船"地狱号"的时候，杰克对他的计划能完美成功有十足信心。但电影的第一个情节点令他和观众都大跌眼镜。"惊奇号"不但没能寻找到"地狱号"，在船长醒来的时候，敌人已经攻占了体积上远不如敌方的自家船舰。片刻之内，他不但对轻易取胜甚至是险胜失去了把握，他和他的船员还面临着被敌方俘虏的危险。他们连滚带爬地试图脱逃，而这场构成了电影剩下部分的猫鼠游戏正式拉开了序幕。

其中的教益

我们能从这些大师级的关键情节点中学到什么？

- 第一个情节点大约在故事的 1/4 处出现（《傲慢与偏见》是几个范例中唯一迟到的例外，即便如此，也仅迟了数页而已）。
- 第一个情节点对小说来说是颠覆性事件，对主角则是人生转折。
- 一般来说，第一个情节点对故事总起到不可逆转的决定性作用，甚至能让主角的生活（背景环境或他身边的次要人物）发生大变。

- 主人公必须以激进的、无法回头的方式对第一个情节点做出反应。

第一个情节点是所有故事中最激动人心的时刻之一。鉴于第一个情节点所具有的价值，作者理应精心撰写这一部分。选择一个严峻的灾难性事件，使你的人物除了利用手头的一切昂首迎战以外无路可走。你要在第一幕的结尾让读者如遭雷击，令他们手不释卷。

激励事件与核心事件

你小说的前 1/4 以两个不可逆转的事件为转移：激励事件和核心事件。我之所以直到本书这一部分才对二者进行探讨，是因为这两件事可能会出现在我们方才讨论过的所有小说结构中。既然你已经对钩子、第一幕以及第一个情节点有所认识了，你现在可以更清楚地看到，激励事件和核心事件是在这些时刻的何处、以何种方式发挥作用的。

有些时候，激励事件和核心事件彼此接连〔在 C. S. 刘易斯（C. S. Lewis）的《晨曦号探险记》（*The Voyage of the Dawn Treader*）中，孩子们通过油画来到纳尼亚，接着就加入了凯斯宾王子一方〕。但有些时候，为保证第一幕的完整性，两者必须分开〔譬如约翰·斯特奇斯（John Sturges）的《大逃亡》中囚犯们来到集中营和他们挖出第一条地道〕）。有时其中一个事件甚至会发生在故事开始以前〔玛格丽特·阿特伍德（Margaret Atwood）的《使女的故事》(The Handmaid's Tale) 中战争的爆发〕。

激励事件就是故事"正式"拉开帷幕，人物命运永远改变的那一刻，这一点为很多作者所熟知。然而，我们发现：对于激励事件，人们存在着各种各样的误解，不少人干脆将核心事件遗忘，或把它与激励事件混为一谈。

> 激励事件……是整个故事能够运行的条件……而核心事件是这个故事的中心内容，它将主人公拉进故事的主线。(悉德·菲尔德，《电影剧本写作基础》)

如果我们把小说当成一列多米诺骨牌来看，激励事件永远是它们中的第一张。在这张牌上轻轻一推，你就能让一整列都接连翻倒。要找到激励事件几乎不费吹灰之力——这就是让主角身边的一切都天翻地覆，让他走上那条通向之后所有故事的路的那个时刻。

我没必要十分详尽地讨论这些东西。显而易见，生活中的每件事都和之前发生的事存在关联。假如人物没有出生（假如他的父母从未遇见彼此，假如他父母的父母也从未见过彼此），显然他就绝对不会参与书中精彩的冒险了。纵然如此，但除非你在写下一部《大卫·科波菲尔》(David Copperfield)，否则主角的出生或他祖父母的婚姻就不太可能成为激励事件。你需要追根溯源，找出对剧情具有直接影响力的那件事。

尽管激励事件和核心事件有时会是同一件事，它们在大多数情况下仍有所区别。核心事件是主人公被卷入激励事件的时刻。比如，在很多侦探小说里，激励事件（罪案）以一种和主角无关的方式发生，而直到核心事件的降临，他才真正被卷入其中，对案件着手进行调查。核心事件是将人物和激励事件的背后动机联系到一块的黏合剂。

总体而言，对于激励事件的确切位置存在两种说法。一种是它毫无例外地出现在第一章的钩子中；另一种说法是它毫无例外地出现在位于全书1/4处的第一个情节点中。持这两类观点的理论家都太过教条主义了。

不管激励事件位于何处，钩子和第一个情节点都有它们的固定位置。真正重要的不是确定激励事件在小说的哪一部分登场，而是要在最佳时机让它亮相。这意味着有些时候作者应该立刻就把激励事件抛给读者，有时则需要耐心等待。

核心事件发生在激励事件之后，因为它的任务就是在其之上搭建大厦，并确保主人公没法和它撇清瓜葛。有些时候整个第一幕都发生在这两个事件中间。但你需要确保核心事件要么在第一个情节点前发生，要么和它同时发生。

文学和影视作品中的案例

要对激励事件和核心事件之间的区别以及关联进行辨析，最有效的办法就是借行家里手的作品对它们研究一番。我们来看一看我们所选的书籍和电影。

- **《傲慢与偏见》**：宾利一家和达西来到麦里屯是让多米诺骨牌不可逆转地开始推进的激励事件。然而，小说的主人公伊丽莎白直到遭到达西在麦里屯舞会上的拒绝，才真正被卷入激励事件里。此为核心事件。
- **《生活多美好》**：这部经典电影的整个第一幕都在用从容的方式让观众认识和了解出场人物。而直到第一个情节点，乔治的父亲因为中风去世，激励事件才出现。这个时刻永远改变了乔治的人生，并让其后的情节接踵而至。然而，假如乔治最后没有决心子承父业，作为董事会秘书长接手贝利兄弟的建房贷款合作公司，他本能够随时离开这一切。他留在贝德福德镇的决定在电影中构成了核心事件，因为这个决定让他正式被卷入了剧情中。

- **《安德的游戏》**：在这本科幻经典里，激励事件是八十年前异星虫族的入侵。这件事发生在小说开始很久之前，在书中仅以回忆的方式出现。但是，假如入侵从未发生过，安德（家里的第三个孩子）甚至不会被他的父母生下。而让他无法回头地投入战争的核心事件，则是在他被格拉夫上校和国际舰队纳新机构录取后，决定去上战争学校。
- **《怒海争锋：极地远征》**：我们再一次看到，激励事件发生于故事开始之前。在演员表播放完毕后，观众被告知英国海军部下令让杰克·奥布雷去拦截"正前往太平洋，企图在这片水域引发战争的法国私掠船'地狱号'……要么让船舰沉没、焚毁，要么将它据为战利品"。但直到电影开场，核心事件发生，即"惊奇号"战舰遭遇"地狱号"突袭，人物方才被卷入一系列剧情纠葛中。

其中的教益

通过对这些典范之作中激励事件和核心事件的出现位置、用途和二者之间关联的研究，对在自己的小说中融入这些内容的方式，我们现在有了哪些领悟？

- 激励事件和核心事件必须发生在小说的前 1/4，最理想的情况下，它们的位置要么在小说的开篇章节，要么在第一个情节点。作者可以根据自己创作的故事来自由选择最佳位置。

- 激励事件扳倒了剧情链中的第一张骨牌。
- 核心事件发生于激励事件之后。
- 核心事件让主角被卷入剧情当中，难以脱身。
- 有的时候激励事件发生于小说第一章之前。但是，核心事件必须在小说中发生，只有如此，读者才能身临其境。

激励事件与核心事件之间的必然关系助燃了整部小说的情节发展。你必须不遗余力地创作出最有力、最令人记忆深刻的事件组合，而非满足于已有的想法。你需要把这两个事件妥善地安排在故事的前 1/4，让它们对读者产生与主人公如出一辙的、难以抗拒的影响力。

第二幕是一个行动的单元……它们被一个戏剧性的对抗环境维系在一起。在这里，主角需要面对拦在他和他需求面前的障碍。

——悉德·菲尔德

第七章　第二幕的前半部分

作者在构想故事的每一部分时，都面临着不同的挑战，但第二幕恐怕是最容易把作者弄糊涂的部分。在写开头和结尾的时候，你起码还有一份基本内容的清单可以对应和核查。然而，故事的中间只有空白一片。作者在推动人物朝他们在结尾所成为的模样成长时，难免感到孤立无援。幸运的是，只要我们对故事的结构稍加注意，就会发现故事的中间部分也有一些基本框架。

第二幕在整部小说中占比最大，几乎达到1/2。我们可以将它简化成三个部分：前半部分、中点和后半部分。

前半部分

第二幕的前半部分始于小说的1/4处，一直延续到小说的中点。在第二幕的前半部分,你的人物迎来了回应第一个情节点的机会。还记得我们先前探讨过的内容吗?第一个情节点之所以具有决定意义,是因为它迫使角色做出令他们无法回头的决定,而这一决定又会引起下一个、下下个连锁反应,而第二幕的诞生就有赖于这些反应。

第一个情节点对角色产生的影响是不容小觑的。他的人生不再一如既往地顺风顺水、平静无波,而他肯定会对此做点儿什么。假如我们耐心而认真地细看一本小说里的第一个重大转折,就会发现令一切都历经改变、让故事得以发生的最终动力,是人物对突发事件的反应。哪怕小说的第一个情节点发生了一场足以改变人生的悲惨事故(比如《爱国者》中,本杰明·马丁的儿子遭遇谋杀,他的种植园也被焚毁),人物也得或多或少像以往一样继续人生路途。他们的反应(马丁成为行踪诡秘的民兵组织领袖,对英国军队产生威慑)推动了一系列后续事件的接连发生,于是故事就出现了。

这就是作者必须在第一幕中就引介人物的原因。假如主人公在第一幕被塑造出的形象与第二幕中的行事安排相矛盾,你的故事内核就会崩溃。当你绞尽脑汁想寻找一个让读者了解人物的"个性时刻"时,首先要考虑哪些事能暗示、反映,甚至反衬出他将对第一个情节点抱有的态度。

在小说的1/4到1/2这一部分,主人公会对第一个情节点中他遇上的突发情况做出回应。他将采取行动，但他的所有举措都是对发生在他身上的事情的回应。他想重新找回平衡，想弄明白他要往何处去。

在我的中世纪幻想小说《看见黎明》的这一部分，人物正想尽办法从那些妄图致他们于死地的主教爪牙的追捕下逃走。在布兰特·威克斯（Brent Weeks）的《黯影之途》（*The Way of Shadows*）中，主人公花了几年时间对主人之命做出反应。在刘·华莱士（Lew Wallace）的《宾虚》（*Ben-Hur*）中，主要角色在遭遇了第一个情节点的非公正逮捕和拘押以后，被迫成为一个反抗派，一个苦役奴隶。

第二幕的前半部分紧随第一个情节点。你的角色对第一个情节点的反应必须断绝一切他重回过往生活的可能性。接下来，反派再对人物的反应做出回应，人物又被迫对此做出回应。这样的循环不断地以不同形式进行重复，直到故事终于迎来中点。

第一个剧情痛点

直到第二幕前半部分的结尾处（小说约 3/8 的位置），你的人物会撞上第一个剧情痛点。这是一个让反派活动筋骨、用他们令人畏惧的潜能给读者留下深刻印象的机会（十有八九，正面人物也同样如此）。痛点的主要任务是提醒读者反派具有怎样的能力，从而引出主人公在中点战略上的转变。但同时它也升级了存在的险情，并昭示着即将来临的故事高潮。剧情痛点围绕的中心永远是小说中的主要冲突，而不是任何支线剧情。

反派可以对主人公的弱点大肆攻击〔比如在安迪·坦纳特（Andy Tennant）对灰姑娘的改编《情话童真》中，恶毒的继母向丹妮尔夸耀她女儿嫁给王子的可能性〕。主人公可能会在和反派的抗争中落败，然后因此遭遇讥笑或谴责〔比如在盖文·奥康纳（Gavin O'Connor）的《战士》（Warrior）中，布兰登的兄弟汤米拒绝了他的和解〕。

或者，假如你的故事是从反派视角讲述的，那么或许仅仅是提醒读者反派正在策划些什么，就足够构成小说中的痛点〔例如在乔·约翰斯顿（Joe Johnston）执导的《美国队长》（Captain America: The First Avenger）中，红骷髅谋杀他的上级并策划叛乱，又或在乔治·卢卡斯（George Lucas）执导的《帝国反击战》（The Empire Strikes Back）中，皇帝告知达斯·维德，卢克·天行者是他们的新对手〕。

文学和影视作品中的案例

让我们再来参考这些大师的做法，看看如何构思第二幕的前半部分才能让剧情一波三折，让人物在此过程中成长，并吸引读者继续阅读。

- **《傲慢与偏见》**：在宾利丢下简，在达西的鼓动下离开尼日斐庄园时（这是第一个情节点），伊丽莎白和她的姐妹们除了采取行动外别无选择。简去伦敦拜访了她的舅母，想找出宾利离开的原因。伊丽莎白在韦汉先生不在的情况下拜访了她的朋友夏洛特（她刚刚成为科林斯太太）。在这里，她又一次见到了达西先生，还不得不对他对她那令人摸不着头脑的额外注意做出回应。
- **《生活多美好》**：乔治本可以拥有他梦想的人生，即使是在激励事件——他的父亲中风去世——之后。但当波特先生企图让建房贷款合作公司倒闭的时候，乔治的应对方式是答应留在贝德福德镇并接手他父亲的产业，这个决定改变了他的一生。在电影的下一个1/4部分，我们看见乔治调整了在贝德福德镇的生活。当他的弟弟哈利（乔治在建房贷款合作公司位置原本的接替人）结了婚，并找了另一份工作的时候，乔治又一次被迫行动了起来。他步入了婚姻，在大萧条期间拯救建房贷款合作公司于水火之中，并建造了贝利庄园——他的努力全都出于他一开始保护父亲产业的决定。
- **《安德的游戏》**：在加入了邦佐的蝾螈军后，安德努力在战争学校保持上游。他学会了在零重力战斗游戏中搏斗和取胜;他结交了朋友,也结识了对手,并碰上了一系列终将导致他与邦佐之间僵持不下的事。他在第二幕的前半部分中的所有行动,究其原因,都是他加入了战争学校,尤其是因为他加入了蝾螈军。

- **《怒海争锋:极地远征》**:在第二幕的前半部分,杰克·奥布雷和他的船员的所有举止都是对他们第二次监视"地狱号"的成果做出的反应。在敌船上反败为胜后,杰克随后又因合恩角的一场悲惨事故而失去了它,在他们抵达加拉帕戈斯群岛——以及故事的中点——以前,他必须想出新的计划,还得找到应付船员的不同方法。

其中的教益

现在我们对应该出现在第二幕前半部分的内容有了准确的概念,还领教了优秀的小说是如何处理好这一部分的。那么,我们能从中学到哪些有助于小说写作的东西?

- 书中人物对第一个情节点应该表现出激烈而强势的反应。
- 既然人物自身的人生规划已经被完全颠覆了(或者至少面临着巨大的改变),他们就必须找到新对策来对付这个世界,尤其是对抗故事中的反面力量。

- 他们的决定必须足够多样化,并有足够的影响力,才能充实故事的下一部分。
- 他们的行动必须一环紧扣另一环,让情节一路向前,让场景、支线剧情、主题紧密地交织在一起。
- 很多时候,在小说的这一部分,人物会为第三幕的决战而习得关键的技能或得到必需的物品。
- 在第二幕前半部分的末尾,主人公将承受来自反派的压力(压力既可以近在眼前,也可能远在天边)。这份压力可以以各种各样的形式出现,但它的主要任务是让读者不戴滤镜地正视反派的能力。

第二幕的前半部分是你深化人物塑造、对重要内容进行预示的机会。即便在快节奏的动作小说里,这一部分也是进展最慢、最值得深思熟虑的——你要完成一切必要的铺垫,以便让故事在此基础上迎来高潮。

小说中点

第二幕过半的时候,有一些不可思议的事情会发生。我们本来正低着头,想着自己的事情,在看似无边无际的第二幕中跋涉,

第七章　第二幕的前半部分

忽然——啪！嘣！唰啦！———一切都再次天翻地覆了。

传奇导演山姆·佩金法（Sam Peckinpah）曾谈到，他总是在寻找用来"挂"故事的那颗"钉子"。这颗钉子就是小说的第二个情节点，也即小说的中点，那个将你的第二幕分成前后两半的时刻。

故事中点的出现杜绝了第二幕拖泥带水的可能性，它圆满地回应了小说前半部分的剧情，并设置下环环相扣的行动，将角色引导至第三幕中。在很大程度上，中点同时也是第二个激励事件。和第一个激励事件一样，它对剧情有直接影响。激励事件改变了此前故事的基本模式，对此，故事中的人物必须做出他们具有颠覆性的最终回应。和此前最大的区别是，人物这时候的行动不再仅是对剧情的回应。从这里开始，人物开始掌控故事的发展，他将对反派力量进行打击。

我们可以把中点视为剧情链中的转折点。当第二幕前半部分的这一串多米诺骨牌轰然倒地，并终于撞上中点这张骨牌时，位于转折点的中点骨牌就启动了一列新的骨牌。对整本小说而言，这是一个关键时刻，是分外重要的场景。它必须既与故事先前的发展合理衔接，又同时带来不同以往的戏剧张力。

在故事中点，某个主要角色可能会遭到俘虏，比如在吉姆·布契（Jim Butcher）的《考尔德伦的愤怒》（*Furies of Calderon*）中；也可能发生了一场激战，就像约翰·斯特奇斯执导的《豪勇七蛟龙》(*The Magnificent Seven*)那样。或者，中点还可以是某位重要人物的过世，赛珍珠(Pearl S. Buck)所著的《龙种》(*Dragon Seed*)就是一例。故事中点甚至可以不那么具有戏剧性，可以像克里斯汀·海兹曼(Kristen Heitzmann)的《不可分离》(*Indivisible*)里那样，被困山中、遭遇暴风雪的主人公等待救援、险中逃生。中点还可以像弗雷德·谢皮西(Fred Schepisi)的《爱神有约》(*I. Q.*)里那样，是一场大胆的演讲。

无论你选用哪件事作为中点，它都是这个故事中另一个改变角色人生道路的时刻。中点让人物不再仅仅是被动地做出反应。从这一刻开始，他们要是想活下来（精神或肉体的存活，或两者兼是），就必须突破自我防卫的局限，在对反派的抵抗中反客为主。他们所采取的行动并不一定是对敌军堡垒发起狂风骤雨般的冲击。有些时候，人物可能只是挺直身体，做好准备，决定不再对这一切（不管故事里"这一切"具体是什么）坐以待毙了。

如读者所料，中点在故事的中间出现。小说的中点应该发生在故事的约1/2处。你可能会想问："为什么？"我们马上就能看见这个位置有其重要性的原因。

- 从天而降的中点，是那颗让你的故事悬挂其上的钉子。假如这颗钉子向前或向后偏得太远，就没法用来挂你的故事了（要是你早就领会到了这一点，那你应该表扬自己）。

- 如果第一个情节点位于全书的 1/4 处，那么作者应该下意识地明白第二个情节点应该被放在 1/2 处。读者以及作者对故事中大事的发生时机都有本能的感知。每当小说进度又走了 1/4，读者都希望看到有趣的新发展，否则他们会因作者的拖沓而感到不耐烦。
- 小说的前半部分应该致力于人物塑造，描述主人公所处的困境、性格中的弱点。小说的后半部分则必须对前半部分出现的问题———作解。中点是故事前后两半之间的转折点（局面发生某种扭转）。假如中点的位置距离故事的 1/2 处太过遥远，它就会破坏剧情在故事前后两半中各自的重要发展。

文学和影视作品中的案例

那么，我们技艺高超的作家和导演对中点都有什么样的高见呢？让我们看一看中点在他们手中的各式妙用。

- **《傲慢与偏见》**：奥斯汀用一个非同凡响的中点让读者打起了精神。她不但让我们目睹了达西先生毫无预兆（果真如此吗？）地向伊丽莎白求婚，还让这次求婚失败了——伊丽莎白直截了当地拒绝了达西，并向他喊出了他所有令她憎恶的缺点。到目前为止，伊丽莎白和达西之间的关系一直让人难以捉摸。如今，一切都被推到了台前。两人先前的行事方式都告一段落，取而代之的是一系列更为激烈的互动，这将让他们对自己和彼此都产生了崭新的认识。

- **《生活多美好》**：结婚后，为了应对挤兑，乔治·贝利揽下管理建房贷款合作公司这一重责，这一刻，他的反应阶段结束了。在整个故事都悬于其上的那一场景，他必须面对波特先生可能会干的坏事——从人们的恐慌中获利，买下建房贷款合作公司的所有股份。当他的新娘主动提出把他们度蜜月的钱分发给持股人的时候，他毫不犹豫地抓住了机会。从这个时候起，乔治的所作所为不再仅仅是对他被困在贝德福德镇这一窘境的回应。他全心全意地扛起了领导建房贷款合作公司的责任，开始正大光明地对波特先生进行反击。

- **《安德的游戏》**：在被授予战争学校中一支军队的独立领导权后，安德在蝾螈军的学徒身份猝然中止。这个充满戏剧性的变故本身就能充当一个很好的中点。然而，卡德更进一步，对人物碰上的困境火上浇油。他给安德安排的不是标准规格的军队，而是一群学校里成绩最难看的后进生。这个新成立的军队——龙队——的建立，是为了测试安德。假如他想活下来，就不能继续被动地回应别人强加给他的压力，他必须奋起反抗。

- **《怒海争锋：极地征伐》**：合恩角事故让他们失去了"地狱号"，杰克别无选择，只好在第二幕剩下的前半部分中伺机而动。然而，在"惊奇号"救起一队船只被"地狱号"击沉的、孤立无援的捕鲸船船员时，一切都发生了变化。杰克转守为攻，他开始思考在"地狱号"失踪前就跟踪并夺取这艘船的方法。

其中的教益

我们都学到了哪些关于中点的技巧？要让这颗重要的钉子令读者记忆犹新，让它成功将剩下的故事推向高潮，作者有哪些事必须要做？

- 中点必须在故事的 1/2 处，这既是为了凸显它的存在，也是为了区分人物在不同时期的反应与行动。
- 中点必须具有戏剧性——它必须既新鲜又充满活力。发生在中点的事件必须是先前故事发展的自然结果，但同时应该从先前的所有情节中脱颖而出。
- 中点必须是主人公个人成长的催化剂。主人公将在故事中点的逼迫下改变他的一贯做法。从此以后，单纯对发生的事进行被动回应,对主角来说就不再够好了。

和第一个情节点一样,中点是每个故事中最激动人心的时刻之一。不要满足于单调的小说内容。精心构想你的故事中点吧,用最精彩的场景令你的读者为之倾倒,让他们此生都记忆犹新。

你讲给我们听的故事必然是关于蜕变的……每一个故事不外乎都是"毛虫与蝴蝶"。

——布莱克·斯奈德（Blake Snyder）

第八章　第二幕的后半部分

一旦小说过了中点，故事的内容就开始变得激烈了。从小说第二幕的后半部分开始，剧情方才显明形状。在中点，主人公决定反守为攻，将戏剧性事件推向高潮。这个事件往往起源于人物对自我的揭露——哪怕人物自己现在还无法对其做出明确解释。在经历中点的洗礼后，他脱胎换骨，成为一个崭新的人。他意识到了自己的潜能，正在伸展翅膀，挖掘将这份潜力物尽其用的各种可能性。纵然他的面前还有可能带来严重损害的内在问题挡道，他至少已经意识到他必须采取行动——要么正视这些问题，要么无视它们。

由于第二幕的后半部分会直接引出第三幕中的血战，这也是作者让故事的每片拼图各归其位的最后机会。我们必须搭好将在第三幕——故事的3/4处——开始倒下的骨牌列，因此，我们就得为主人公安排一系列动作。尽管他不太可能将整个局面置于掌控之下，但他至少要有所前进，此外，他开始展露自己的招数，而非被动地遭受反面力量的攻击。

在第二幕后半部分的开头，人物将会做出强有力的举动。他咬紧牙关，挨过他在中点遭遇的剧变和创痛。他用行动予以反击。他的行为或许是对反派的直接回应，比如在布兰登·桑德森（Brandon Sanderson）的《迷雾之子》（Mistborn）中，凯尔对贵族越发凌厉的打击；或许是从无知中醒悟，比如在迈克·纽厄尔（Mike Newell）执导的《波斯王子》（Prince of Persia）中，达斯坦王子搜寻关于匕首的真相；可能是对主要目标的更为强烈的驱动力，比如《战士》中斯巴达锦标赛的开幕；又或者是摆好架势，为行动做准备，比如《爱国者》中民兵组织在英国人的无情攻打之下重新团结一心。

在第二幕后半部分中，人物采取的行动对应的正是前半部分中人物的反应。自然，在某种意义上，人物仍然是在对身边的困局做出反应（假如你观察得分外仔细，会发现反应和行为之间的界限非常模糊）。然而，现在占上风的是人物的内在意志，而非升起护盾做埋头乌龟的需要。他尚不能掌控自己的命运，但至少他现在开始努力成为命运的主宰了。

人物成长的路径推动故事的发展。假如人物缺乏成长，最后他就会成为旧轮胎里的一汪死水。这很不妙，因为这意味着他会变得相当无趣。一成不变的人物既不能让读者看到有趣的行动，又不能让读者对主题产生共鸣。更糟糕的是，这些人物很快就会变得重复乏味。

要让你的主角变得单调乏味有许多方法，最明显的一种就是忽略人物的成长之路。假如你的人物在小说结尾和开头相比没有任何变化，那么你应该问自己一些值得深思的问题，最主要的一个是："为什么？"

有些小说的作者为了强调某个主题，刻意让人物成为多变世界中不变的锚点。但这些不但是例外，而且一般都出自大师之笔（通常他们是唯一免遭此类批评的作者——多亏他们的名气）。我们这些剩下的人则期望将人物扔进试炼的烈火，能让他们产生痛苦的领悟，反守为攻——这个过程艰难却必要。

作者在很大程度上更容易陷入第二类窘境。这类情况下，人物会发生改变。因此，他们确有一条成长之路。然而问题在于，他们的转变全都突兀地发生在第三幕，而非像被扳倒的骨牌列一样循序渐进（一般见于第二幕）。我们仍然在千篇一律地重复人物最初的状态（无论是愤怒、恐惧、拒绝还是其他），直到这个故事像张破旧的唱片一样咿咿呀呀。在你开始小说后半部分的写作时，留心不要让你的人物不断对同一情景做出重复的反应。一旦他开始重蹈覆辙，你就放任他陷入了一潭死水。

第二幕的后半部分始于故事的中点，占小说的1/4长度，止于小说 3/4 处的第三幕开头。它在小说中占了相当大的比重，人物需要其中的每一寸空间以施展拳脚。他有许多东西要学，有不少问题要面对，如此，他才能在高潮来临的时刻直面压力（既有来自自身的，又有来自外部的）。

不要令故事的这一部分缺斤少两。同时，作者也必须提防在中点之后人物发生过多改变。他的个人危机将在第三幕被搬上舞台，你也不希望削弱这一时刻的冲击力，让人物过早地自我治愈。好好利用全书的这一部分，让人物全副武装面对最后的决战，同时也让他内心的恶魔显露痕迹。

第二个剧情痛点

在第二幕的后半部分的中途（约莫在小说的 5/8 处），我们将看到第二个剧情痛点。和第一个一样，这一场景揭示的内容有关反派，要么关于其个人，要么是对他能力的彰显，又或是对他打败主人公的潜在可能性的揭示。

这个痛点和第一个意义相仿——深化险情，并预示着主人公与反派间最后的那场决战。它可能开始于一场苦涩的争执（在《战士》中，这发生在父亲与儿子之间），一次反胜为败〔比如在我的小说《梦乡人》(*Dreamlander*) 中，主人公的友人落入敌军之网〕，对权力的展示〔比如在克里斯·努南（Chris Noonan）

的《波特小姐》(Miss Potter)中，主人公的母亲所展示的〕，坏人更加猖狂地寻衅滋事〔比如在约翰·福特(John Ford)的作品《双虎屠龙》(The Man Who Shot Liberty Valance)中，农场主遭遇谋杀〕，反派卷土重来的追杀（比如在《帝国反击战》中达斯·维德对赏金猎人的雇佣），又或迅速地揭示危机——反派已经大军压境了（比如在《天荒情未了》中，空军机师发现了低温冷冻室的存在）。

支线剧情

　　支线剧情到底是什么？你的小说真的离不开它们吗？令人意外的是，支线剧情被众多作者误读了，主要是因为最优秀的故事支线是随剧情发展自然产生的分流。它们是剧情中不可或缺的一部分。总的来说，支线与主线剧情有着密不可分的联系。

　　尽管大部分支线剧情必须在小说的前半部分就由作者引入，但它们最终开花结果却是在第二幕。假如你搭对了支线，此刻它们要么走向自己的既定结局，要么一环一环地将读者引向主线剧情，直至高潮降临。

　　一言以蔽之，支线剧情是与主题关联的、对主人公性格中的一小部分展开的探索。它是故事的"微缩"，一条瞩目的旁线。正因如此，支线剧情为剧情中的冲突提供了关键因素（支线提供了让读者从主线撤离的"休息时间"),同时还用主线剧情无法细究的情景让读者看见人物的深度。

如果你的小说要描绘一个逃犯如何竭力自证清白,那么主线剧情就是他越狱、逃脱抓捕,以及搜寻能助他洗脱罪名的证据的过程。支线剧情则可能是他与老相好重新开始的坎坷恋情。在支线中,主角还可以担任少年联盟会教练,教一个为糟糕家庭所扰的年轻选手打棒球。简而言之,支线剧情一般和主线剧情的发展互不干扰。假如你删掉支线,剧情主线本身并不会改头换面。

你非得写支线剧情不可吗?

简单的答案是:并非如此。实际上,过量或不合宜的支线会稀释你故事的主线剧情,导致读者在阅读过程中分神。

从另一个角度来说,需要更多解释,也更难理解的答案是,支线剧情的确是必需的。它扩大了故事的范围,还让你得以探索人物和故事背景的更多侧面。从方才所举的逃犯一例中,我们能够通过他与老相好以及小男孩的互动,得知许多关于主人公的有趣内容。

通常在缺乏支线剧情的情况下,小说不但会被压缩得很短,故事还可能会浅薄乏味。每本小说都应该紧绕主线剧情展开,但假如作者对主题的紧扣令他对人物生活中的所有其他内容视而不见,我们就会错过许多好东西。更重要的是,我们丢掉了一切让读者对人物增进了解——最好能和他产生共鸣,在他的漫漫征程中为他加油——的机会。此处的诀窍是,对支线剧情做出明智的选择,用好它们来为相关的人物特质和主题增添光彩。

我们能在动作小说里找到最典型的例子,因为在这类小说中对比尤为明显。例如,在 C. S. 弗雷斯特(C. S. Forester)最负盛名的"霍恩布洛尔"系列中,故事剧情显然取决于人物的行动,即霍恩布洛尔船长在拿破仑战争期间的海军冒险。

弗雷斯特本可以就这样结束他的小说,有很大可能他的作品仍会十分受欢迎。但他打破了他本应创下的纪录,引入了一段新的、有关霍恩布洛尔家庭生活的支线——他那多少有些阴差阳错的婚姻、他尝试和妻子建立感情时遭遇的挫折,以及他对养家的强烈愿望。

我倾向于把这一类支线称为"感情支线"。比起为剧情的发展添砖加瓦,这类支线的意义更多地体现在让读者窥见人物的人性面上。这让主人公变得易于接近和令人信服,假如作者只在故事主线上下功夫,读者就不会有此番感受。当然,有些小说的主题仅围绕着感情发展。但作者应该——尤其是动作小说的作者——花一两分钟想一想,你如何加上一点儿感情支线才能让故事富有深度。

话虽如此,作者必须牢记一件重要的事,即切勿放任支线剧情稀释故事的内容。并非人物生活中的每件事都需要作者解释。有些时候,作者无须离题万里地唠叨些鸡毛蒜皮之事,这样读者反倒能够更好地读懂小说。

比如，乔恩·戈恩（Jon Gunn）的电影《蒲公英的灰尘》（*Like Dandelion Dust*）围绕着生父母和养父母对一个小男孩抚养权的争夺展开。电影中的一个关键点是，男孩的外婆伪造了他被定罪的生父在收养书上的签名。此举让这对父母不得不对一位法官撒谎，好让他们免于因此遭到起诉。

在书中人物向法官自我开脱的时候，他们同时也把所有的必要内容传达给了读者。故事仍未偏离它的中心——人物被卷入的感情纠葛。

文学和影视作品中的案例

和以往一样，才华横溢的作者写出的优秀作品对于写作者如何创作第二幕的后半部分能有许多启发。下面来看一看我们挑选的书和电影。

- **《傲慢与偏见》**：在达西的求婚打乱她的生活，他的恶行也得到解释之后，伊丽莎白花了整个第二幕的后半部分，方才意识到她对他的错误判断，以及她逐渐爱上达西这个事实。她在这一部分中的反应发乎内心，而非表现于外。她自发地认识到她的错误，并承认自己做错了（一开始是私下的,后来她的承认变得或多或少开诚布公了——在他们碰巧在彭伯利庄园碰面时,她试图以尊重和善意对待他)。这是证明第二幕后半部分能被用作催化顿悟和自我实现的一个绝佳例子。

- **《生活多美好》**:在冷眼回绝了老波特收购他的企图之后,乔治牢牢掌控他在贝德福德镇的生活。他和玛丽有了四个孩子,二战期间他滞留在家("因为他耳朵的缘故"),并继续保护他的镇子免受波特的贪欲和操纵的困扰。多亏他许下的重建贝利兄弟建房贷款合作公司的承诺,在小说后半部分波特收购他未遂的余波下,乔治的生活得以重回正轨。当然,观众这时已经得知,这只是第三幕中即将来临的暴风雨前的宁静。

- **《安德的游戏》**:在故事的中点,安德被迫接手本不适合他的龙队,此后在第二幕的后半部分,他都在迎接各种挑战。他知道导师故意让他处于不公平的劣势条件下,也知道格拉夫和其他导师让他对战更有能力的学生的本意是测试他。但安德没有向压力屈服,而是挺起胸膛,直面挑战。多亏他不轻易言弃,龙队成了战争学校最优秀的军队。

- **《怒海争锋:极地远征》**:在终于意识到他有条件去追踪"地狱号"以后,当他最好的朋友斯蒂芬·马图林——一名外科医生和间谍——不巧被枪射中时,杰克·奥布雷在第二幕后半部分中的一系列行动让他走上了一条出人意料的道路。在电影中，杰克第一次决定从他对"地狱号"命定的追逐中脱身，带斯蒂芬到陆地上做手术以挽救他的性命。

其中的教益

相比故事中的其他部分，第二幕的后半部分提供了更多的可能性（这一点意味深长）。让我们重新看一看这些可能性，并学习如何在我们的小说里用上这些技巧：

- 第二幕的后半部分从故事 1/2 处的戏剧性转折开始。
- 中点让主角开始了一系列动作。即便在某种意义上他的反应仍然是被动的，但不再是无意识的了。他再也不是龟缩在毫无进攻能力的防守地位的一方了。
- 第二个剧情痛点出现在第二幕后半部分的中间，它又一次让读者看见反派的存在和拥有的能力。
- 这一部分通常是对主人公内心的揭露。在中点之后，他对一切——他自己和反派——的认识更加透彻。
- 主角的行动既可以是自我揭露，也可以是对反派的切实出击。有些时候，主角的主动出击可以只是对反派刻意地全然无视。

- 主角遇上的一些问题在这一部分会迎刃而解，但主要问题——包括外在和内在问题——在第三幕才会最终迎来答案。这一部分中被解决的问题往往只是为了让真正的潜在冲突白热化或明朗化。

从第二幕的后半部分开始，故事向高潮启程。这是让一切准备就绪，迎接激动人心的第三幕的最后机会。对于人物的内在转变和这个人物与其他关键人物之间的关系，作者需要额外予以注意。然后，让我们系紧安全带，第三幕已经近在眼前！

"国王死了,然后王后死了"是一个故事,"国王死了,王后在悲痛中去世了"则是故事剧情。

——E. M. 福斯特

第九章　第三幕

第三幕是我们等待已久的时刻，读者、作者和故事角色，全都在等待这一刻。故事的最后这一部分是重中之重。这是我们一直在为之添砖加瓦的大厦。如果说第一幕和第二幕是一个引人入胜、具有审美趣味的迷宫，那么第三幕就是迷宫中打上叉的地方，现在我们已经找到了埋着宝藏的地方，要挥铲开挖了。

和其他两幕一样，第三幕以一个重磅炸弹开场。但有别于其他两幕的是，这个炸弹不会被撤走。从此时起，书中人物和读者都将加入这场疯狂的旅程。我们先前编好的所有线索现在都必须被漂亮地编织到一起。

第三幕占据了书的最后 1/4，始于全书的 3/4 处前后，结束于全书结局。第三幕是故事中占比相对较小的部分，尤其是当你细想其中要完成多少剧情时。相对先前的两幕，第三幕加快步伐的其中一个理由，是作者必须赶在全书完结前把所有亟待解释的内容塞进小说。

所有人物和其他重要部件都要聚集起来。支线必须圆满结束；前情里的所有预示都应验了；主角和反派（存在的话）此刻都需要篇幅来启动他们计划的最后部分；主人公必须面对他内心的魔鬼，同时，他与反面力量的斗争将为他的成长路径画上句号。小说里发生的每件事都将有一个圆满的结局。

对仅占1/4的篇幅来说，这些要涵盖的内容是很繁重的，因此，作者没有一刻可以浪费。从第三幕中，我们可以发现在结构上花心思的主要好处：要让故事站得住脚，第一幕和第二幕中的所有片段就必须按部就班，当好终曲的铺垫。

第三个情节点

第三幕将在一个颠覆一切的剧情节点揭开序幕。这个情节点相较所有在它之前的情节点而言，对于让主人公踏上前往高潮冲突的路途有着更重要的意义。从这一刻开始，当主人公冲上前迎接他和反派之间不可避免的一战的时候，多米诺骨牌排成了咔嗒作响的一整列。整体而言，第三幕充满了恢宏的重要场景，因此这一幕的开场在很多情况下没有第一幕和第二幕的情节点那么具有确定性。尽管如此，它对观众的冲击力必须是与之相上下的。

而这将会直接引出人物的人生低谷。世界上他最渴望的东西本已唾手可得，却被风暴卷走了，风暴还将他吹落到比以往更低的谷底。而高潮正是他涅槃重生，从内而外地准备好战斗的时刻。第三个情节点就是他重新站起来的地方。

在克里斯托弗·诺兰的《蝙蝠侠：侠影之谜》（*Batman Begins*）中，从拉斯·艾尔·古尔宣布他要毁掉哥谭市，并在布鲁斯·韦恩的宅邸放火，从意图让他丧命的那一刻开始，第三幕拉开了序幕。在夏洛蒂·勃朗特的《简·爱》中，第三幕的开始是真相的公之于众。在简举行婚礼的那天，她得知罗切斯特先生已经娶了一个疯女人为妻，这件事让她选择逃离桑菲尔德和她心爱的男人。在查尔斯·波蒂斯（Charles Portis）的《大地惊雷》里，让第三幕围绕展开的剧情，是马蒂发现了杀人犯是汤姆·夏尼，以及她随后被奈德·波珀的非法组织抓住了。

完成人物的成长路径

在你故事的这最后 1/4 中，主人公已经无路可逃了。他的后背抵上了墙，他除了挺身而出和反派正面交手，已经别无选择。他在先前两幕中的所有反应和行动都将他推向了一个必须直面自己一切弱点和错误的时刻。假如他想取胜，他就必须让它们压垮自己，然后在灰烬中重生，带着新的智慧和能力重新出发。

在故事的高潮，主人公为了他在整个故事中都竭力争取的目标和他内心最深处的愿望做出最后一次拼搏（两者可能是同一样东西，也可能不是，甚至还可能彼此对立）。他把所有的牌都摊在了桌前。假如此刻他无法制胜，他就再无胜利的可能。自然，这意味着险情被一步步推向了爆发点。第三幕就是把这些险情推到台前的地方。

人物与变化，这就是故事的所有内容。我们选择了一个人物，然后迫使他踏上一条将永远改变他人生的旅途，一般来说，这种改变总是朝着好的方向的。在第一幕中，他身处令人不甘的境地，并多半为他自己的缺陷所困囿而裹足不前。他的某些信条阻挠他实现愿望，让他无法成为更好的人并变得更为明智、更为强大。要让他跨越这些错误的信念，我们不单必须让他踏上这趟征程，还得让这条路带他走向成长中最为重要的一环。

这个时刻出现于全书的3/4前后，就在第三幕的伊始。这是人物的人生低谷。这是你无情地碾碎他那可怜的、缺乏智慧的人格的时刻。这个时刻是残酷的，但倘若你希望他能摆脱谬见和缺陷，浴火重生，那么你就得硬起心肠。

你将把你的人物逼上不作为就会死的绝路。他的人生看上去势必一片灰暗。他的挚爱、他的追求，全都化作齑粉散落在他身旁，哪怕他已经拼尽了全力。这里的关键在于：他在此前的所有尝试中遭遇的失败都是因为他没能直面他最深重的恐惧或怀疑——不管具体内容是什么，这些阴影都在阻止他重生为一个全新的人。

此刻，他必须在心理上和感情上进行抵抗。他必须决定：为了挫败反派力量，牺牲自己去直面内心的恐惧是否值当。一旦他做好准备，你就能迈进小说的高潮部分，此时他已为决战做好了准备，这意味着他对生活和自身产生了崭新的认识。

个人的转变永远是强有力的人物成长路径中最核心的部分。缺乏这种个性重塑，你的人物将会一成不变，而剧情则会趋于平淡，读者会心生疑问：这一大堆事都重要在哪儿？不过，小说仅有人物的转变是不够的，你必须拿出有迹可循的事实来证明主人公的确发生了转变。

理想情况下，你应该在整个故事的发展中用巧妙、循序渐进且可信的方式刻画这样的转变。尽管如此，你还需要另外用两个重要场景不加掩饰地将这一点呈现给读者。它们被称为"前后场景"，在肯尼思·布拉纳（Kenneth Branagh）的《雷神》（*Thor*）中，我们能看到典型的范例。

在电影开头二十分钟，观众面对的是一个重要的"前场景"，主角受到误导，对邻国发动袭击，电影借此来展现他的傲慢、缺乏宽容和鲁莽。这一场景让观众看见了他毋庸置疑的缺点。

然而，如果没有"后场景"作为支撑，这一场景将索然无味。在小说于第三幕迎来高潮之前，我们找到了主人公发生改变的证据。当他为拯救他人主动屈服在兄弟的怒火之下的时候，他选择了自我牺牲而非放任无意义的敌对情绪，选择了善意而非傲慢，选择了宽容而非偏狭。有了这两个场景，观众对人物天翻地覆的转变就没有产生异议的理由。

文学和影视作品中的案例

第三幕是大师和庸才拉开差距的地方。在那些用结尾惊艳四座的小说中，这一点尤为明显。在这方面，我们的四部典范之作绝对够格被拿来讨论一番。

- **《傲慢与偏见》：** 第三幕始于莉迪亚和韦汉先生私奔一事戏剧性地公之于众。就和在1/4和1/2处的前两个情节点一样，这一情节点改变了整个故事的走向。班内特一家的生活将永远不复以往了，不单是因为从私人角度上，失去小女儿的忧思在他们心头萦绕不去，更是因为在公众方面，莉迪亚干出的丑事还会殃及她的姐姐们，让她们无法嫁到好人家。对伊丽莎白来说，更严重的后果是，她担心达西听说这个消息后对她的态度，担心这会意味着她将永远无法重获他的爱慕。在19世纪的英国，像伊丽莎白这样的女子无法采取直接行动来纠正这一切。但她已经尽她所能——她和她的舅舅、舅妈一同离开了蓝白屯，返家陪伴她经受噩耗打击的一家人。

- **《生活多美好》**：在第二幕的结尾，比利叔叔在建房贷款合作公司投资的八千美元打了水漂，留下绝望的乔治绞尽脑汁想弥补这笔损失。对大部分小说而言，如此戏剧化的情节作为第三幕的开场绰绰有余。但在这部经典电影里，第三幕的开篇情节还要更加曲折：天使克劳伦斯现身，满足乔治"从未出生"的愿望。第三幕基本由克劳伦斯的行动和乔治的反应构成，电影的大反派甚至没出现在这条乔治从未出生的时间线上（尽管反派的阴霾挥之不去），而第三幕的大部分内容都在讲述这条线。第三幕的核心是乔治的心路历程和重大转变。

- **《安德的游戏》**：在被迫直面与邦佐的致命一战的时候，安德被推到了他的极限。他终于离开了战争学校，带领龙队前往更大的竞技场。但在邦佐死后，指挥官们意识到他们仅差毫厘就失去了这个他们花了无数时间和心血悉心培育、肩负着从蚁族手中拯救世界重任的男孩。他们允许安德返回地球，见他挚爱的姐姐瓦伦蒂一面。在地球上，他必须做出一个不但会改变世界，还会改变他自己一生的决定。从他决定勇往直前，回到太空接受晋升的那刻起，一切都被卷进了没有回头路的旋涡，直到故事被推上高潮。

- **《怒海争锋：极地远征》：**处于康复期的斯蒂芬总算能扬帆起航，向他期待已久、旅程也延期已久的大龟群岛发动远征，而他在群岛的远郊意外发现了抛锚停泊的"地狱号"。杰克计划把敌舰船长引诱到近处，再给予对方致命一击，他的船员们都在紧锣密鼓地为这场他们从电影开头起就期盼的战役做万全准备。

其中的教益

这几部作品给我们什么启发？我们要如何补充第三幕冗长的待做事项清单？

- 第三幕在小说的 3/4 处展开，不过相较于之前的重要剧情，这个节点的位置具有更多的灵活性。第三幕可以早在全书的 7/10 处就揭开序幕，但极少在 3/4 处之后才姗姗来迟。
- 第三个情节点标志着第二幕的结束和第三幕的开始。这个情节点可能会推翻第二幕后半部分中人物自以为胜券在握的一切（《傲慢与偏见》），也可能是一件出其不意的事（《生活多美好》），还可能是主人公的个人决定（《安德的游戏》），甚至可以是主角和反派的会面（《怒海争锋》）。

- 从这一情节点开始,第三幕加快了故事节奏,并不再慢下脚步。
- 尽管节奏很快,但第三幕必须从一开始就安排周密,要么紧凑地处理完剩下的故事碎片,要么令它们随着情节发展逐渐浮出水面(比如安德与他姐姐的关系),要么安排它们助最后的决战一臂之力(比如"惊奇号"为战斗所做的准备)。

一本小说成靠第三幕,败也怨第三幕。在第三幕之前发生的故事同样有其重要性,但第三幕是作者要跳的龙门。倘若你能写出扎实漂亮的第三幕,你就已经攻克了在你之前令几千个小说作者(甚至是那些已经出版了作品的作者)遗憾落败的难题。正是优秀的第三幕让一个写作者跻身作家的行列。

作者要想写出点儿名堂，就必须有完整的剧情、人物、起因、经过和结果。让读者怜惜书中人，然后任由他们的感情释放。

——安妮·赖斯（Anne Rice）

第十章　高　潮

假如小说是一场盛宴，那么高潮就是在最后时分上桌的大菜。当小说的车轮终于碾上高潮部分、佳肴顶上的银制盖子被掀起的那一刻，作者期待着读者的唏嘘和惊叹。

小说的高潮应该让读者激动得坐立不安。他们的呼吸被扼住，神经紧绷，直到小说高潮爆发的前一刻都充满好奇。假如作者处理得当，读者应该对将发生的事有大致概念，但同时他们也应该被一两个设计精妙的影子牵绊着。接下来故事会如何发展？我们的英雄会活下来吗？他能否拯救世界／救出他的家人／打赢这场仗／保全性命？

不管你的小说是悲剧、喜剧、合家欢喜剧，还是其他各种组合，你的愿望都是它能让读者产生共鸣。你希望读者在合上书的那一刻内心洋溢着满足之情。不管他们是在笑、在哭，还是仅仅若有所思,你都希望读者能微微颔首,说:"是啊,这个故事就该这么结束。"然而,高水平结局的矛盾之处在于,你同时也想让读者感叹:"哇哦,结局居然是这样的。"

情理之中和意料之外,是每个完美结局的必备元素。但一山不容二虎,你如何才能给读者一个他们期待的结局,同时又让结局与他们的设想背道而驰呢?

对那类从头到尾都易于预料的故事来说,作者玩这样的把戏要容易很多。假如小说的类型和受众对路,你就能营造出这样的效果。相对容易的还有给读者设下一个冷门悬念,让他们始料未及,惊诧不已。而要营造出这样的效果是比较难的。

读者希望作者遵守游戏规则,这意味着任何峰回路转都必须以已知内容为基础,这些元素在小说中的出现必须合情合理。要让读者对故事高潮感到满意,我们必须保证所有故事碎片都已铺陈到位。没有比下述更糟糕的阅读体验了:翻阅到小说的最后部分,读者啃着指甲,猜测作者会如何让这些零碎一一汇拢,到头来却发现被耍了——作者硬扯出了一个前所未闻的包袱。

要让一个故事既在意料之外,又在情理之中,你必须仰赖两个诀窍:留下踪迹,搅乱迷雾。小说就像一幅拼图(巨大的五千片拼图;你得摊满整张桌子并花上一年时间才能把它们拼好)。就在你还剩下一点儿碎片没拼上的时候——故事高潮就在你眼前的时候,你应该已经拼完了拼图的绝大部分,知道成品的大致模样。

优秀的小说作者懂得如何留下蛛丝马迹,以确保读者在高潮来临前掌握了所有的拼图碎片。《饥饿游戏》就是一本这样的小说。(假如你是地球上最后一个还没读过这本书的人,注意了,以下有剧透!)苏珊·柯林斯本可以随便耍个花招,救她笔下人物的性命,给读者他们想要的皆大欢喜结局。但这些花招多数都是对读者的诓骗。

令人庆幸的是,她足够聪明,知道结局只能用上故事里现有的元素:主角可以以吃下毒莓果自杀为威胁,借此操纵俘虏他们的人。读者可能没有料到莓果最后被用于此途,但鉴于柯林斯已经在之前的情节中利用过莓果,让读者知道这些果子可以置人于死地,高潮的这一情节扭转便成了剧情顺其自然的发展方向。

假如作者能用种种痕迹来暗示自己的意图,故事结局对读者来说就会有顺理成章之感。要是我们再将这些布置精妙的蛛丝马迹跟故事逻辑上的复杂性相结合,就能给读者带来结局的无数种可能性,如此就没人能准确预测最终作者呈现的是哪一种。这种平衡是十分精巧的,但假若你找对方法,这样的技巧对整本小说的贡献将不可估量。

高潮是什么?

在某种意义上,第三幕即是小说的高潮。从第三个情节点开始,故事情节将朝着白热化的顶点发展。人物必须被逼进死胡同,除了迎头痛击对手别无他路可走。但是,真正意义上的高潮是第三幕——整本小说的高潮部分——中的高潮时刻。在这个时刻,主人公和反派这两列飞驰的火车终于在这令人难忘的场景中撞得火花四溅。

在路易丝·麦克马斯特·比约德(Lois McMaster Bujold)所著的《查里昂的诅咒》(The Curse of Chalion)中,高潮是主人公卡扎利尔和反派之间那场让反派丧了命,还打破了皇室诅咒的决斗。在诺曼·杰威森(Norman Jewison)的《龙凤斗智》(The Thomas Crown Affair)中,高潮时刻则是保险调查员维姬·安德森看见克朗的劳斯莱斯从天而降,把银行赃款带走,却发现克朗已经远走别国,此刻他的位置上坐着一个假货。在弗朗西斯·霍奇森·伯内特(Frances Hodgson Burnett)的《小公主》(A Little Princess)中,高潮是萨拉归还卡利斯福德先生的猴子,并坦白自己的真正身份:卡利斯福德苦寻已久的、他已故生意伙伴的遗女。

在有些故事里,高潮包括一场漫长的肢体搏斗。在另一些故事中,高潮可能只是一份简单的、改变主人公世界里的一切的供认。但几乎在所有小说里,高潮都是一个主人公豁然开朗的时刻。视故事的具体需要而定,主角会在高潮前后或高潮期间经历改变他人生的顿悟。然后,他会根据受到的启示来行动,来到他成长路径上的终点，并为小说里的主要冲突画上句号，在肉体或精神上，或两者兼备。

高潮在第三幕的结尾出现，大致占全书最后的1/10。一般情况下，故事高潮中最后的高潮时刻是小说的倒数第二个场景，正好在结局之前（上述所有范例都是这样）。由于高潮已经说尽了除情感上的扫尾外的所有内容，故事也就没有必要在结束后继续下去了。

有些故事里会出现一个假高潮，主人公在这种情况下以为他结束了纷争，却意识到他尚未移除阻挡他实现目标的真正障碍。比如，在约翰·拉塞特（John Lasseter）的《玩具总动员》（*Toy Story*）中，胡迪和巴斯光年在电影的假高潮里打败了邪恶的邻居小孩希德，却意识到他们可能还会错过带他们去往安迪新家的面包车。假高潮起到的唯一作用是它拔高了观众对真正的高潮的期待。

让高潮高能、宏大

小说的结尾部分对读者来说要么是卓越的成功，要么是难看的失败。我们已经让读者坚持到了现在，因此我们最好在结局再给他们上点儿新料。要是小说高潮未能满足读者的期待，这不但是作者的失职，还很可能让读者永远失去翻开我们的作品的兴趣。

那么，作者该如何让读者为故事的最后 1/4 倾倒呢？

可以想到，这个问题没有标准答案。每本小说各不相同，每个故事的高潮当然也不相一致。此前的故事，即剧情和人物，为轰动的结尾打下了基础。然而，在铺展小说的最后部分时，作者可以用一个技巧化腐朽为神奇。

这个技巧只要求作者缩减小说最后 1/4 的情景和章节长度。这个做法能让小说加快步伐，节奏也变得紧凑，故事在重要情节与多重人物视角之间来回穿梭并紧扣它们展开，将它们卷入全书结尾时终将到来的那场交会。

长度较短的那些场景——由相应的较短的段落和语句组成——把读者拉进终曲的狂奔中。和其他一切写作技巧一样，作者对此须得运用得当，不要生拉硬拽。你只要对场景之间的自然切换多加留心，随着故事逐渐接近结尾，这样的间奏应该越来越快。

高潮是你亮出重型机枪的地方。你得用此处的一系列场景让读者惊叹出声。挖掘出你最超凡绝伦、富有想象力的那些点子来。比起一场拳拳到肉的搏击，在一辆飞驰的火车顶上发生的搏击岂不更妙？比起寻常的示爱，为什么不让主人公在总统的就职典礼上表露心迹？

当然，这并非意味着作者应该把小说推到夸张或超现实的边缘。戏剧性衡量的是某个事件令人兴奋、紧张，激起人情绪变化的程度。主人公为了某个女孩痛揍他最好的朋友，这就是戏剧性事件。

你的女主人公和一辆警车发生追尾事故，这也是一个戏剧性事件。在世界还差 9.87 秒就要毁灭时，主人公想出了能救下所有人的妙计，假如这还不算戏剧性，就没有哪个情节够格称得上了。然而尽管戏剧性是作者的益友，但它也不乏坏的一面。

作者最担心的事情莫过于他的作品被贴上闹剧的标签。一旦这样的事发生，故事就越过了现实对立与纷争的界限，变成了抒情表意之作。有时候，为了用戏剧性的内容吊起读者的胃口，作者可能会在全无自知的情况下写出一部闹剧来。

即便是最优秀的作者也会偶尔犯这类错误。达芙妮·杜穆里埃的浪漫海盗小说《法国人的港湾》（*Frenchman's Creek*）就塞满了浮文巧语，小说由距离遥远的第三人称讲述，充斥着各种拿腔拿调的遣词造句，给读者以阅读 18 世纪律师函的体验。水平如杜穆里埃的作家或许不会因此遭遇非议，但我们显然享受不到这样的优待。

细微之处对传达极度的紧张状态和像愤怒、悲伤这样的强烈情感是非常有效的。浏览一下你高潮部分最紧张的那些段落，如果它们之中有任何一处看起来是由你最小题大做的那个人格执笔写下的，为了你自己考虑，还是改得和缓一些为好。

作者能将戏剧性发挥到什么程度将取决于每个故事本身和它们的类型。你需要关注的就是将故事和它的主要矛盾推进到产生那个不可逆的决定的时刻，并实现你在书中对读者许下的每一个诺言。

文学和影视作品中的案例

我们所选的小说和电影是如何在高潮部分完成漂亮一击的？我们的四个故事都广受欢迎，令人印象深刻，这是有原因的，很大一部分功劳要归于它们都完美地满足了出色高潮的所有必需元素。

- **《傲慢与偏见》**：和多数浪漫故事一样，在这本古典小说的高潮，男女主人公走到了一起，彼此倾诉爱意，并决定发展一段长期关系。在达西挺身而出，调停莉迪亚和韦汉私奔一事，并想方设法让宾利和简重修旧好后，他与伊丽莎白终于在散步时有了独处的机会，在此期间，他们总算能纠正先前对彼此的偏见，为自己对待对方的不公道歉，并郑重地订下婚约。

- **《生活多美好》**：在乔治"有幸"目睹了没有他存在的世界是何种模样以后，他跑回那座桥上，虔诚地祈祷："我想重新再活一次！"这个时刻既是他蒙受启示的时刻，在某种程度上又是个假高潮。这个场景很好地把握了没有发生的现实（它有自己的小小情节和结构），为真正的高潮开路——在他遭遇逮捕前，镇上的群众帮助乔治集齐了他失去的八千美元。

- **《安德的游戏》**：在安德和他的军队从战争学校毕业之后，他们参加了一系列他们以为是更加高阶的战术游戏的训练，这些训练的目的是让他们为最后直面虫族的时刻做好准备。安德被推上了他生理和情感上的耐受极限，在他独自做出打破已知规则这一决定的时候，安德触发了故事的高潮。他将满心的挫折感和敌对情绪都倾注在这场游戏上，最后打败了敌军。然后，他才被告知这根本不是什么游戏，他是真的在指挥远处的军队对战虫族。

- **《怒海争锋：极地远征》**："惊奇号"和"地狱号"之间作为故事高潮的这场战役在电影的第三幕占了可观的篇幅，但就算是如此之长的高潮，也会上升至一个白热化顶点。这一故事中，在高潮的顶点，杰克长驱直入"地狱号"的医疗翼，却发现那位同他争逐已久的法国船长已经一命呜呼了。于是他从医官那里拿走了船长的剑，着手肃清残敌。

其中的教益

每个高潮都独一无二，鉴于它们符合的是不同故事的需求，反映的是不同故事的基调。这几个例子都向我们证明了，高潮远不止"好人干掉了坏人"这么简单。不过，这些故事的高潮仍有一些共同特征：

- 高潮出现在小说接近结尾的地方，一般在9/10左右开始，在最后一页之前的一两个场景处结束。
- 小说高潮一般由一系列将情节引向最重要的高潮时刻的场景构成。
- 高潮为主人公与反派间的主要冲突画上句号（不管正派一方是输是赢）。
- 高潮是人物成长路径的转折点，这一转折的直接原因是主人公的顿悟。最强有力的高潮始于人物的豁然开悟，并据此采取行动，结束故事中的冲突。人物先是受到了启示，然后运用他的领悟把反派打败。
- 根据作者构建的不同层次的冲突，小说中可能有两个高潮，其中一个是假高潮，为真正的高潮铺路。

你应该从撰写高潮部分中找到乐趣。享受这一刻，用打破常规的方式来思考。不过，你必须注意自己是否满足了所有结构上的必要元素，如此你才能让你的故事在读者脑海中刻下深痕。

……给一部小说写最后一章是一码事,给一个故事写结尾则是另一码事。

——C. 帕特里克·舒泽(C. Patrick Schulze)

第十一章　结　局

　　结局是一个苦甜交加的时刻。你已经写到了故事的收场部分。你翻越了高山，而今终于能在山巅插上你的旗帜。这不但是你所有工作的终曲，也是这个你所创造的世界里一切乐趣的谢幕时刻。在小说的结局，你挥别笔下的人物，同时给读者说再见的机会。

　　在高潮之后，小说就径直踏入了结局。既然故事和纷争都在此正式结束，那么高潮作为结尾也是令人信服的。但要是大多数小说都是这样的，读者会心有不满。

　　经过高潮在情感上的加压，此时读者希望能喘口气。他们想看人物站起身，掸掸裤子上的灰，把生活继续过下去。前三幕中的这些磨难让你的人物发生了什么改变，读者希望得以一窥。他们想看一眼在这些纷争的余波渐平之际，他将过上怎样的新生活。要是你笔法对路,那么仅仅因为想和让他们逐渐心生好感的人物多待上一会儿,读者就会想看你笔下这些"多余"的情节。

顾名思义,结局是小说里的一切冲突得到解决的时刻。在高潮之际,坏蛋被主人公歼灭,主人公赢得了真爱。而在小说结局,我们可以看见这一切如何改变了主人公的生活。乔斯·韦登(Joss Whedon)执导的《萤火虫》(Firefly)的结局是马尔·雷诺和他活下来的船员们冲向太空,摆脱了穷追不舍的联盟,与此同时,马尔和伊娜拉、西蒙和凯莉都朝他们未来的亲密关系迈进了一步。

不同的结局在篇幅上可能相距甚远,但一般来说,结局最好不要过长。你的故事实际上已经结束了,你不希望浪费读者的时间,挑战他们的耐心,同样,你肯定不希望用吹毛求疵的补遗败坏他们对这个故事的好感。结局的长度取决于一系列因素,其中最重要的是还有多少需要补遗的内容。理想情况下,你应该已经在高潮前的那些剧情里给尽可能多的支线画上了句号,如此一来,你小说的结局部分就能避免紧追猛赶,只需围绕最重要的部分展开即可。

补遗与否

写出完美的结尾并非一桩易事,但对此我们可以抽丝剥茧,得出一条要义:让读者有满足感。如何做到这一点?这个问题的答案和故事本身一样五花八门。不过，有一个效果出乎意料的技巧，那就是不要对所有未了结的内容进行补遗。假如作者能带给读者一种角色的生活未尽之感——一种仍处于行进中的感受，即便在剧情中的所有重大问题都得到解决以后，我们就能：

- 营造出现实主义的氛围。
- 让读者发挥想象，自行补完"剩下的故事"。

结局不仅仅是这个故事的结尾，还是在读者合上书之后，人物将会投入的人生的伊始。结局具备两种作用：为现下的故事盖上戳，同时向读者承诺小说人物的生活仍然在继续。

单篇小说是如此，连载的系列书籍更是如此。J. G. 巴拉德（J. G. Ballard）所著《太阳帝国》（*Empire of the Sun*）的结尾由几个短短的情景组成，解释了杰米在战后离开日本战俘营的生活，并让读者得知，他在不久的将来在英国长大成人。罗宾·霍布（Robin Hobb）的《魔法船》（*Ship of Magic*），即"复活船"三部曲的第一部，有一个甚至更开放的结局：结局告诉读者，主人公阿尔西亚·维斯特雷会继续追逐并营救她被海盗劫走的复活船"维瓦西亚"。

以下是八个更为精彩的"开放式结局"：

- 《罗马假日》〔*Roman Holiday*，威廉·怀勒（William Wyler）〕

的结尾场景给观众带来了优美而苦甜交织的现实感,主人公离开了他心爱的(同时也是无法与他共度余生的)女人。电影的结局就是故事的结尾。他们的爱情结束了。但观众知道,两位主角的人生还在继续,我们仍可以猜想他们两人的生活会如何发展。

- 《卡萨布兰卡》〔Casablanca,迈克尔·柯蒂兹(Michael Curtiz)〕给了我们最为人称道的开放式结局之一。对于瑞克和伊尔莎在摩洛哥分道扬镳后发生了什么,我们全不知情。电影里有着详尽的细节,对人物的未来也有所暗示,但他们怎么走此后的路全部交给观众去遐想。这正是结局的美妙之处。

- 《大逃亡》(约翰·斯特奇斯)和我们列举的其他故事相比,给了观众更完整的结局,但这仅是因为它以真实事件为基础。但即使观众去了解故事人物的真人原型,他们仍能有这样的体验——剧中的悲与喜在电影本身画上句号后仍未结束。

- 《谍影重重3》〔The Bourne Ultimatum,保罗·格林格拉斯(Paul Greengrass)〕作为三部曲的收篇之作,以反派的一败涂地为结尾。我们对主人公未来的一切认知只有他活下来了这件事,但仅此便已足够。对于他会如何走将来的路,我们可以无拘无束地发挥想象。

第十一章 结 局   141

- 《雾都孤儿》〔Oliver Twist，查尔斯·狄更斯（Charles Dickens）〕对于小奥利佛或扒手道奇未来发生了什么并无过多暗示。观众知道他们会长大成人，但小说结束后他们的人生经历只能由读者来猜测。
- 《爱神有约》（弗雷德·谢皮西）的结尾和众多爱情电影如出一辙，主人公最后永远幸福地生活在了一起。但他们在一起后的"永远"都发生了些什么？两位主人公的恋爱故事已经有了美满的结局，至于之后会发生什么事，全靠观众自己揣摩。
- 《大地惊雷》（亨利·海瑟维）圆上了所有剧情中的细节。但对两位主角的关系，电影却没有给出一个答案。他们分道扬镳，或许此生都不会再见。谁能决定后来发生了什么事？只有观众！
- 《拂晓侦察》〔The Dawn Patrol，埃德蒙·戈尔丁（Edmund Goulding）〕以主角之一的死亡作为他的故事的结局。但这场战争还会打下去的事实仍以不可阻挡之势推动其他人物的命运前进。我们知道，在电影的演职员表播放完毕以后，他们仍会继续战斗，却不知道他们能否活下来。观众完全可以自己创造续作。

哪些细节需要收尾，哪些可以留下来任由读者想象，根据故事与故事的不同,最恰当的平衡点也会有差异。未了结的内容太多,我们就面临让读者失望的风险,因为他们的疑问没有获得解答;未了结的内容不够多,我们的故事就会昙花一现,而不是继续留在读者的回味中。

让读者与之共鸣的收场白:五大要素

和开场白一样,小说的收场白本身不一定总能给人深刻印象。(实际上,我敢用这个礼拜的巧克力配额打赌,你记不起你最后读过的五本书的收场白。)收场白本身不必多么难忘,但它给读者留下的感受必须深刻。让我们来看看我最喜欢的五本书的收场白都是什么样的:

"胡克还在拉帕汉诺克河,"他说,"我们必须渡他过波托马克河,我们必须亲自进攻宾夕法尼亚。"〔玛丽·约翰斯坦(Mary Johnston),《漫长的名单》(*The Long Roll*)〕

文闭上她的双眼,感受被拥抱的暖意。她意识到,这便是她想要的一切。(布兰登·桑德森,《迷雾之子:最后帝国》)

"哎,先生,"门童微笑着对他说,"别着急忙慌:约瑟夫爵士就在这儿,他正靠着沃伦上校的臂膀上楼呢。"〔帕特里克·奥布莱恩,《勋章反转》(*The Reverse of the Medal*)〕

自此以后,天空中敌军的飞机有时看上去似乎变少了。〔米拉娜·迈克格劳(Milena McGraw),《敦刻尔克之后》(*After Dunkirk*)〕

"我真害怕,凯拉。"

"我也是。"

她抓住了他的手。

(布兰特·威克斯,《黯影之途》)

这些收场白的哪些地方令我产生了共鸣?这些字句有什么特别之处,能让书中故事深深扎根在我的脑海里,就算我合上书,仍能对它们如数家珍?来看一看这些要素:

- **对全书的总结**。小说的收场白标志着书的结束,即便它从属于某个系列(我列举的以上所有作品除《敦刻尔克之后》外都是如此)。收场白应该给读者一切已尘埃落定的观感,剧情中的重要问题都料理得当了,读者可以放心离开,不用担心后续还会发生重大转折。以上面的收场白为例,我们看见《迷雾之子》中，主人公借由一段关系获得了安全感和爱。《勋章反转》中，敌人的密谋在间谍组织首脑到来之际遭遇阻挠。而《敦刻尔克之后》中，收场白则是不列颠之战最后决战的伊始。

- **主题**。归根结底，故事的本质是作者想表达的主题思想。作者用剧情和人物把小说打扮得花枝招展，但最终故事关乎的还是主题。因此，对我们而言最合适的做法是用最后一句话给予读者情感上的一击。尽管由于脱离文本，这一击看上去并不明显，但以上列举的这些作品都借收场白巩固了主题——战争、爱情、信任、希望与宽恕。

- **节奏感**。小说的最后一句话，以及引出收场白的前段内容，在节奏上应该张弛有度，以便让读者下意识地明白，一切马上就要结束了。就像一首歌曲渐入佳境，迈向高潮，随后力度递减，用一段伴奏舒缓听众的耳朵，再重归寂静，一本书在末尾部分必须放慢步伐，好让读者信步走出故事的边界，重回家中沙发椅安适的怀抱。以上我罗列的结尾句在长度上各不相同，但多数都简洁而有力。而在这之前，读者会看到篇幅更长的抒情，甚至是梦呓般的段落。作者写这些段落，旨在引领读者走出故事情节，以便在放手之前，给他们的思绪来上最后一击。

- **道别**。并不是所有收场白都有主要人物参与其中。有些时候作者会选择将镜头"拉远",向读者展现故事的全景,而非给主人公特写。纵然如此,在一般情况下,收场白是和书中人物说再见的最后机会,对作者是如此,对读者亦是。《漫长的名单》《迷雾之子》《黯影之途》的结尾一行都出现了主人公。《敦刻尔克之后》这部由主人公以第一人称叙述的小说让读者明白了主角的最终想法。《勋章反转》那相较之下略为突兀的结尾则是两句对话——读者知道主人公正巴望着类似对话的发生。

- **小说的延续**。最后,我们已经讨论过,小说的最后一句话应该暗示读者故事仍未画上句号,在读者合上书之后,活下来的主要人物还有漫长的生活要继续。

优秀的收场白会说尽一切必需的内容,让读者心满意足;同时,它应该当好一块跳板,把读者送上幻想的航船,让他们尽情遨游在对其后故事的想象中。(大卫·杰罗尔德,《奇妙世界》)

《漫长的名单》让我们的眼睛看向未来那场无可避免的葛底斯堡战役。《迷雾之子》向我们保证主人公会拥有一段健康的关系并向前看。《勋章反转》圆上了剧情中的所有线索,让我们迫不及待地翻开续篇。《敦刻尔克之后》中那黯淡的希望让读者明白战争终将结束。而《黯影之途》既让读者感到当下的一切未尽（由此让故事具有延续感），又对两个人物之间关系的结局做出暗示。

一段收场白在很大程度上对之前发生的故事有所依赖：它的基调、节奏，以及你想用何种情感给予读者最后一击。但假如你有能力把这些元素中的所有或大部分都糅进你的小说尾句，最后你写出的结尾或许能令读者终生难忘。

文学和影视作品中的案例

大师们是如何书写他们故事的最后部分的——给出故事中必要的零散线索的答案，同时又让读者沉浸在情感的余韵之中？我们最后来看看，我们的四部作品是如何圆满地完成这些任务的。

- **《傲慢与偏见》**：在达西和伊丽莎白在全书的高潮部分宣布他们倾心相爱后，奥斯汀用几个干净利落的情节对零碎线索进行了说明，其中包括班内特一家对他们的婚约做何反应。随后，作为知悉一切、和故事距离遥远的讲述者，奥斯汀最后用妙趣横生的一个场景为整本小说结尾，这包括了最终举行的两场婚礼，并对达西和伊丽莎白、宾利和简未来的生活做了简短的评论。奥斯汀所写的小说结局是个漂亮的范例,总结整个故事,一锤定音,给读者带来称心如意的阅读感受。

- **《生活多美好》**:这部经典电影的结尾场景能让观众在每一个圣诞都泪流满面。结局和高潮在同一场景中出现。这部电影没有在高潮——乔治的朋友带来了超过他需要弥补的款额,即被波特先生偷走的那八千美元——之后再浪费时间。电影的结局补上了剧情中遗漏的内容,让所有的出场人物(除反派以外)都回到幕前,唱响最后一轮《友谊地久天长》,并暗示天使克劳伦斯已经得到了他的翅膀。最后的场景带来的感情经久不衰,让观众意犹未尽,同时还满足了他们对出场人物的一切期待。

- **《安德的游戏》**:卡德花了漫长的时间描绘这部电影的结局。(我猜测主要原因是他在小说原作的基础上添加了这一部分。)在电影的结局,观众所见的内容基本能被概括如下:既是后记,让观众看见安德在打败虫族之后的一部分人生(面对他如今的明星身份和他的罪行——对外星族类造成的生态破坏,他离开了地球,企图获得心灵的平静),亦是在引入这一系列中的后续小说(讲述了安德如何担起责任,为剩下的虫茧寻找新的栖身之地)。

- **《怒海争锋:极地远征》**:这部电影的结局也许是我们的所

有案例中给出了最少"解"的。不管电影本身是否如其副标题所暗示的一样面向续作而拍,又或者只是在向作为故事原型的发展中的现实致敬,这个结局都在各个方面获得了成功。在为故事的主要情节清扫完了所有零散线索以后,电影以出人意料的场景结束:杰克意识到与他想的不一样,"地狱号"的船长没死,而是化装成了船医,计划一旦驶离"惊奇号"就接管全船。在最后的场景中,杰克下令让他的船改换航向,掉头尾随"地狱号",与此同时,他和斯蒂芬继续他们激动人心的二重唱。这些镜头既给观众一种确凿无疑的、一切尚在行进中的感受,又是对电影基调的完美总结。

其中的教益

这些小说和电影范例都能让我们学到些什么呢?这些作品是如何教我们用恰如其分的结尾让读者心满意足,同时又留给他们苦甜交织、想要继续阅读的感受的?

- 在高潮之后小说直接迎来结局,它是全书的最后一个情节。
- 对于那些最为重要的零散线索,结局必须给出答案,不能留给读者任何过于显著的疑问。不过,结局同时也不能过于随便。

- 结局应该带给读者一种书中人物的生活仍在行进中的感受。即便小说独立成篇,对读者合上书后,人物的生活将走向何方,作者也应有所暗示。
- 结局应该给读者举出这样的例子:书中人物的旅途在哪些方面让他发生了改变。假如在小说的开端他是个自私的混蛋,那么结局就得让读者看见他的心灵发生了哪些变化。
- 最后,结局应该在情感上给读者音色鲜明的一击,并与整本书的基调相和鸣(滑稽、浪漫、忧郁,等等)。这将令读者心满意足。

在撰写你的收场白时,想一想你之前写下的所有词句,挖掘出它们的深层内容,并用一个感情饱满、发人深省的精彩结局为它们封顶。

在读者挑选你的下一本书前,结尾是你能给他们留下深刻印象的最后机会。你是希望让他们惊叹,还是让他们感到失望?

——克里斯塔·拉克(Christa Rucker)

第十二章　对小说结尾的更多思量

　　写出好的结尾并不容易，只有少数作者能完美做到这一点。我们的小说终幕内容太多，而且备受依赖，作者很难一蹴而就。对这一部分而言，重写两次、三次都不嫌多。在洋洋洒洒写下十万个词以后，把高潮一股脑儿倾泻而出、飞速写下结局的场景并写下花哨的"完结"字样，我们很难抵抗这样的诱惑。但读者是不会被轻易满足的。

　　电影导演经常会拍摄不同版本的、可供替换的结尾，其中用意就在于此。在给部分观众预映一次电影以后，他们有时会发现，因为种种原因，原定的结局并不理想。尽管制片人对电影的各种设想和意图都业已实现，他们还是会重新拍摄，创作出一个全新的、更能令观众产生共鸣的结局。有时候作者也得做这样的事。

　　这一点归功于至关紧要的大纲——在我提笔写下小说开头的

那一刻,从未有一次心中不了解小说结局的概貌(我已经在《小说的骨架》一书中对此进行了详述,因此在这本书里,我不会提及这一部分)。然而,我几乎每次都要写出三到四个版本的结局,才找得到合适的那一个。一个故事——即使再提纲挈领、紧凑扼要的故事——也会随着作者创作的脚步发生蜕变。提笔初写时我们脑中有大致模样的那个结局,在我们真正写到结局部分时,可能就变得不再合宜了。作为作者,应该如何处理?

- **构想多个结局**。无视摆在你面前的诱惑——放下这部你耕耘已久的手稿,打下"完结"这两个小小的字以自我宽慰——不要对此屈服。做好打一场持久战的准备。有时候你可能会撞上大运,第一次就写出对头的结局,但这种事不会每回都发生。
- **回首**。花上几分钟,想一想一个不同的结局会对故事产生怎样的影响。你写下的第一个版本的结局或许已很合宜,但假如调整一下细节,会不会锦上添花?即便你认为原始版本的结局已经合乎标准,也不要吝于多写几个版本。你可能会碰上巨大的惊喜。
- **让人试读**。从电影制作过程中,小说作者可以学习让人试读这一技巧,找一两位读者来试读。不要让读者对结局过分注意,等他们读完小说后,再追问他们在情感上和理性

- **在你能用客观视角看待它以前搁置这部作品。**在创作之途的末尾,作者往往已经难以客观看待自己的作品了。仅仅是你写出了一本小说这一事实,就能给这部作品镀上一层光鲜的颜色。这时,最明智的举动是把手稿塞进抽屉底部,令自己得以和它拉开一些距离。一段时间之后,你就可以用全新的眼光看待你的小说,并看出结尾在哪些地方可能存在缺陷。

从许多方面来看,结局都是小说创作过程中最有乐趣的部分。在写结局的时候,故事的所有碎片都摆在面前,由你来拼合,你对人物已经知根知底,并且还能用剩下的一百多页来证明这一点。那么,玩得开心一点儿。如果你有不止一个结局要写,那就享受在这些选项之间推敲的过程,抓住机会在你的故事里狂欢一阵。在你沉浸其中时,你需要铭记以下问题和建议。

结尾是喜是悲?

在 P. J. 霍根(P. J. Hogan)的改编电影《彼得·潘》(*Peter Pan*)中,温蒂说她讲给迷失少年们听的故事是"好人打败了坏人的一场奇妙历险",而胡克船长则对其讥嘲道:"他们全都以亲嘴作为结局。"

像温蒂和迷失少年们一样,成千上万的人躲进小说的世界,为的是寻找快乐的结局。在好人打败恶人的那一刻,我们纵情欢呼;在真爱战胜一切的时刻,我们起立鼓掌。小说给我们希望,给我们精神上的鼓舞,平静和幸福在看似无法逾越的试炼那头等待着我们。快乐的结局无疑能给人愉快的体验,振奋读者的精神,并令他们的信念更加坚定。

但这是否意味着所有小说都应该拥有快乐结局?那些结局不甚圆满的悲剧,是不是只属于内心孤独的躁郁症患者和受虐狂?

不止一次,有人问我为什么不写快乐的故事。我的朋友、我的家人、陌生人,甚至我任教的学院的主席,都问过这个问题。我的妻子甚至为此毁了一场完美约会——就因为在我抱怨小说难以出版的时候提醒我:毕竟,大家都更喜欢看到希望、美与奇迹。〔大卫·哈里斯·埃本巴赫(David Harris Ebenbach),《向着光写作》("Writing toward the Light")〕

作者在写悲剧小说的时候,是在针对这些东西吗?我们是在一脚踏碎希望、美与奇迹吗?还是说,我们只是在探索一个硬币的另一面?生活中的伤感就和欢乐一样多。忽略这一事实,既会限制我们对生存的个人体验,也会妨碍我们如实去描写它们。让每个故事都有快乐结局,既是在自我欺骗,也是在欺骗读者。当一部小说不再是真诚的作品时,它也将变得无足轻重。

"你应该写点儿让人高兴的东西。"别人这么和我说。我不理解他们。像《安娜·卡列尼娜》一样令人高兴吗?像《愤怒的葡萄》一样令人高兴吗?像《第二十二条军规》一样令人高兴吗?还是像《哈姆雷特》一样?〔艾琳·凯尔(Aryn Kyle),《对悲伤故事的辩护》("In defense of sad stories")〕

花上一小会儿时间,想一想那些改变你人生的小说。我敢打赌,其中很多都在写痛苦、迷惘、牺牲和罪恶。这些故事率直地讲述着令人不快的题材,并迫使其中的人物以及读者去面对令人不快的真相。但愿在他们从这些领悟中抽身的时候,会发生微小的改变,或许将会成为更好一些的人。很少有人会对悲剧有经久不衰的爱好,但我们都可以尝上一口这些酸涩的、对苦乐参半的真相有着无畏刻画的小说,用它们清洁我们的阅读味蕾,并从中受益。

作为作者,我们不是每个人都计划要写出下一本《罪与罚》。旨在消遣的轻松文学和不加润饰的现实主义文学同样富有价值。但是,要让自己担得起作者的名号,我们必须有无畏地面对生活真相的勇气,即便是——特别是——那些不甚欢喜的真相。读者不会因为你写了一出悲剧就憎恨你（但是我们也得承认，不是所有人都准备或愿意享受你的作品）。事实上，要是你处理得当，你甚至有机会给读者留下终生难以磨灭的深刻记忆。

悲剧故事不一定会令人沮丧。那些令我心碎、改变我人生的故事是伟大的悲剧，但它们同样蕴藏着至高的希望。正是在此，我们能发现悲剧故事的真实力量，因为光明在黑暗中总是尤为闪耀的。

这就向我们抛出了一个问题：如何书写悲剧结局，才能令读者接受它们？

在文学和影视作品中，一些格外震撼人心的故事中都会出现同一种元素：一位主要人物的死亡。这样的情节似乎会令读者掉头就走。何苦要和一个人物纠缠上三百多页，最后却迎来一个亡败的结局？真相却是，假如处理有方，人物的死亡能为一个故事添加不可估量的力量与感染力，让你的故事化腐朽为神奇。

主人公之死也可能会给你带来忠实读者的雪崩般的抱怨信件。一个广受欢迎的角色要是被作者判了死刑，会把书砸向客厅另一头的读者绝不止一个。如果你发现你的故事要求你杀死不止一个主要人物，你该如何在让这场死亡给故事添加力量和感染力的同时，又避免让读者勃然大怒？

下列的三个诀窍能协助你完成这场谋杀，同时还能保全自己的性命，并提起笔写出下一本小说：

- **诀窍 1：人物的死亡必须具有重要性**。没有什么比让某一人物无谓地送死———仅仅是为了让人大吃一惊——更能摧毁读者对你的信任。假如你已经将一个人物塑造得形象立体、让人牵挂，那么他就值得有一个像样的死因（除非你想表达的内核就是无意义，有些战争小说在这一点上做得很成功）。在雷德利·斯科特（Ridley Scott）的《角斗士》（*Gladiator*）中，当马克西姆死去时，读者知道他牺牲性命，为的是把罗马从康茂德大帝的独裁和腐化堕落中解放出来。他的死没有惹恼读者，相反，我们接受这一切，并认为这是唯一符合逻辑的结局。马克西姆的牺牲换来的一切重于他的性命，我们能够与此共鸣，我们因为他的高贵品格而仰慕他，我们为他的胜利而欢呼，即使我们同时也为他的死亡而哀悼。

- **诀窍 2：人物的死亡必须有所预兆**。要是你在没有丝毫警告的情况下让一个重要角色去送死，读者将会既愤怒又困惑。在最后一刻把他们身下的毛毯抽掉，就意味着你失去了利用预示让读者产生共鸣的机会。小说的结局应该在读者的意料之外，但联系上文来看也要在情理之中。一个人物的死亡会令读者惊骇，但等他们不再去琢磨这件事的时候，他们就应该意识到"啊，对，这说得通"。在约翰·欧文（John Irving）的《为欧文·米尼祈祷》（*A Prayer for*

Owen Meany）里，几乎在小说开头，读者就知道欧文会面对死亡。叙述者回顾发生过的一切事件，并如实告诉我们。而欧文自己的梦境则透露了他死亡的方式。因此在悲剧来临的那一刻，我们都做好了面对最糟糕的事的准备。而讽刺的是，提前令读者知晓这一切，只会加剧他们的焦虑和悲痛。

- **诀窍3：用积极的调子结尾**。多数读者都想看见快乐的结局。即便是在一场最严重的灾难中，能见到一线光明也是极为重大的慰藉。有些情况下，作者只需要强调角色的死亡带来了哪些好处（就像马克西姆和欧文·米尼的故事一样）；但有时候，一点儿艺术性的蒙蔽能给全书带来意想不到的快乐结局。奥德丽·尼芬格（Audrey Niffenegger）的《时间旅行者的妻子》（The Time Traveler's Wife）就利用了时间旅行这一前提，让主人公们得以见上最后一面——在很久以后的未来，在丈夫死去之后。这一线爱与欢乐的光芒拨开结局悲剧的阴霾，让读者在合上书页的时候，不禁露出悲伤的微笑。

不要轻率地做出让人物死去或者写悲剧结局这样的决定。但假如你很确定你的故事需要这样写，那么，你可以用以上三条诀窍，让读者面对悲剧也点头称道。

如何避免让你的故事终结

在写到小说的结尾部分时，有时你的动力和灵感已经所剩无几，有时你已经对你的故事感到腻烦，有时你的结尾就是哪里都不对劲。结果，你可能会发现自己已经跨越了警戒线，掉进了下面这些陷阱。

高潮的杀手：解围之神

"解围之神（Deus Ex Machina）是什么玩意儿？"你可能会这么问，"听着像天书似的。"

嗯，这其实是拉丁文。假如你想知道学术细节，我可以告诉你这个说辞的本义是"从机关里出来的神"，它最初指的是希腊和罗马戏剧结尾屈尊前来解决凡人的困扰，让一切归位，带来幸福结局的神灵（由借助"机关"从半空降落到舞台上来的演员扮演）。不过，在21世纪的英语语境中，它的精确翻译则是"绝不要在你的故事中这样做"。

首先，解围之神——剧情里的一切难题因为天降神兵而迎刃而解的这一概念——听上去可能是个很好的主意。但实际上解围之神唯一能手刃的是读者对这本书的一切期待。这样的剧情可能合古希腊和古罗马的观众的胃口（尽管亚里士多德可能会颇有微词，而他也的确对此发表意见了），但对现代的作者来说，安排这类剧情将带来一大堆不便之处。

- **在最后关头引入新内容，会破坏剧情的连贯性**。要想让故事发挥最大潜能，散落各处的零散剧情必须构成具有连贯性的整体。要是在一个西部故事里，拯救拓荒者的是一队从天而降的装甲兵，那么这一高潮既不能在逻辑上站住脚，也无法让读者产生真实感。

- **用不可思议的巧合打破读者对信仰的疑虑**。在现实生活中，奇迹也许会发生，但要是奇迹出现在小说里，读者会觉得自己成了被戏耍的对象。如果你小说中的人物逃脱黑手党债务的方式是彩票中奖，或者被一个腰缠万贯的小老太太收养，这样的结局不但不会令读者满意，还让人难以信服。

- **缺乏铺垫，欺瞒读者**。一本小说要想让读者产生共鸣，就必须在高潮来临前把能拼出故事全貌的每片拼图都交到读者的手中。人物在先前的书页中面对困难做出的抗争，让我们一步步看见他如何凭借在此过程中积攒的经验对付终极考验。假如在最后关头，他忽然拥有了某种神力，那么他的脱险是没法令读者称心如意的，因为这和他们的期待相差太多了。

- **危机解除的速度过快，会令读者感到失望**。在读了漫长的三百页，总算迎来高潮之际，读者想看到的是人物面对危机挥汗如雨的情景。读者想看见人物被推至身体、心理和道德的极限，然后从灰烬中重生，打败内心与

第十二章 对小说结尾的更多思量　　161

外界的魔鬼。要是复仇天使忽然从天而降，救主角于水火，这个故事未免太过虎头蛇尾。读者在阅读时不但不会有兴奋感，你写的结局还会让他们把你的书扔到房间另一头去。

解围之神有多种多样的形式，但一旦你对这类情节有所了解，你就可以在意识到的时候删去这些情节。如此一来，你的读者也无须在思考这句拉丁文的正确翻译方式上浪费时间了。

在高潮部分撇下你的读者

不管你的故事、背景设定和场景多么宏大，人物始终是你故事的中心。高潮时刻的大事件不应该喧宾夺主而盖过主人公自身经历的危机与转变。

我最喜欢的一篇圣经史诗是塞西尔·B. 戴米尔（Cecil B. DeMille）的经典作品《十诫》（*The Ten Commandments*）。这部电影色彩丰富，满是宏大的场面，更重要的一点是，它在人物塑造上花费了心血。前 3/4 的电影展现出了一个真实可信的摩西形象。但当电影来到第三幕的时候，一件不太妙的事发生了。

一直以来，《十诫》的第三幕都是这部电影中我最不喜欢的一部分。从摩西看见树丛燃烧、回到埃及面对法老，并解放希伯来人开始，这部电影中那种活泼的魅力就不复存在了。前两幕中对人物值得褒赞的重视，在第三幕彻底消失，电影放弃了在人物上花心思，转而去刻画"出埃及记"这一"大故事"本身。

这本身并没有什么错。出埃及记是一个宏大的故事，值得电影大书特书。然而，倘若继续集中精力刻画它的人物，这部电影会是更有力的作品。不要由于高潮部分揭示的各种可能性而分神，浮想联翩。只要确保你的主人公有一个完整的故事，其他一切都会迎刃而解。

用烟幕弹式结尾蒙蔽读者

多数读者对精彩的烟幕弹式结尾都抱有欣赏的态度。观众都对《骗中骗》(The Sting)和《第六感》(The Sixth Sense)赞不绝口，不是吗？哪位作者不想让他们的读者也同样情感激动、记忆深刻？然而，烟幕弹式结尾有一个很大的缺陷。成功的烟幕弹式结尾惊艳四座，失败的烟幕弹式结尾则会惹怒读者，让作者显得像个傻瓜蛋一样。

这个问题不仅仅会出现在结尾真的峰回路转的小说上，从某种程度上说，任何小说都可能碰到这一问题。假如结尾的设计在某方面出人意料，作者就不会希望在读者面前提前露出马脚。显而易见的原因是这些蛛丝马迹会破坏结局带来的惊喜。但提前露馅儿能造成的破坏还不止这些，整本书或许都会因此毁于一旦。

这听起来可能有点儿言过其实，但让我们仔细来想想。想一想那些推理小说，这类小说几乎全都有一个烟幕弹式结尾，鉴于整个故事的关键就是读者不能在侦探发现真相之前知道幕后真凶是谁。然而，如今你很难长时间地蒙蔽具备常识的读者。他们解读蛛丝马迹的速度不输故事里的侦探，在读完整本书之前，他们多半已经解开了谜题。

读者找出谜题的答案本身并不是什么问题。问题在于，自他们发现真相的那一刻起，作者就落后了读者两步。要是作者仍然表现得好像没人知道到底发生了什么，还在尽己所能利用故事的神秘感与戏剧性，对已经看到答案的曙光的读者来说，这就非常讨嫌了。

克里斯汀·海兹曼的浪漫悬疑小说《不可分离》能给我们如何成功误导读者的头绪。（假如你还没有看过这本书，警告，以下是剧透！）她小说里的剧情转折围绕着这一真相的揭秘——"我"的双胞胎姐妹实际上已经死去多年，她只活在"我"的幻觉当中。

海兹曼为真相的揭露做了完美的铺垫。她的故事里没有会让读者看穿她的计划的细节，事实上，她几乎没有写任何细节。在读者眼皮底下，她没有瞒天过海，或者公然扭曲事实，好让他们相信这个人物仍然活着。反之，这个出现了幻觉的人物的口吻让读者以为她的姐妹仍然活着——作者没有透露任何和读者的这一误解相冲突的内容。在小说的结局，作者收起这张巨网的时候，读者就会看到故事的碎片是如何被拼合到一起的，他们不会觉得海兹曼欺骗了他们或把他们当成提线木偶。

在考虑你是否应该在故事里安排情节转折的时候，你需要把以下两个警告谨记在心：

- **你的骗局维持不了太长时间**。不管你的情节转折如何巧妙，有些读者还是能够看穿烟幕弹，并很可能会为余下吊人胃口的部分与他们预想中的一样而备感扫兴。
- **读者不喜欢作者耍花招**。设计孱弱的剧情转折，或那些为出人意料而横插进来的内容不会让你的读者有好脸色。剧情转折必须自然地在故事这片土壤上抽枝生长，但它不能是你故事的中心。你需要确保你的故事在剧情转折以外还有更为恒久的价值。

避免悬念式结尾

作者已经听过了太多这样的建议——让他们用悬念结束某一场景、篇章，甚至整本书，假如它从属于一个系列的话。这样的结尾让读者不得不在继续阅读、探究事情的真相与痛苦而缓慢地被好奇心杀死之间做出取舍。但这样的技巧真的能让你讲出好故事吗？

对某一场景或某一章而言，设下悬念不算是个坏的结尾方

第十二章 对小说结尾的更多思量

式。事实上，假如你设下的悬念能使读者飞速翻到下一页，这甚至能称得上是个好主意。（没错，唯一的问题就是你需要确保悬念不会让人感到乏味。）

但一本书结尾的悬念则全然是另一码事。多数读者都不喜欢在全书的结尾看到尚未解决的悬念。读者花了几个小时在这个故事上，他们想知道女主人公在遭遇这场不幸的绑架后是否活了下来，但等待他们的却是下一本书出版前漫长的一年时间，此时读者心有不满完全是情有可原的。

尽管如此，作者们还是孜孜不倦地给系列小说中的每一本留下一个带悬念的结尾。这是为什么？

答案显而易见。我们想要（划掉——我们急切地盼望）读者会买这一系列的下一本书。但这里的讽刺之处是，用悬念打发读者、让故事中的谜题悬而未决，并非让读者对作者或作者的故事心生期待的最好方式。

有大把方法能吸引读者继续阅读下一本书——精彩的剧情、新颖的概念、丰满的人物和深刻的主题——这些还不是一本小说有可能具备的全部吸引力。假如读者喜欢你的作品，他们会继续读下去，花上更多时间在你创造的世界里漫游。要是你在写一整个系列，有些情节线索势必会贯穿整个系列。我们先前讨论过，作者应该营造出一种延续感（即便单独成篇的小说也是这样），而悬念不是达到这个目标的最好方法。并不是说系列作品里的每本书都不能有一个独立而扎实的开头、中段和结尾。

用后记削弱你的结局

就像一本小说的序言，根据其定义，后记的位置往往在小说本身之外，也因此并不是小说的必要部分。很多后记是作者一厢情愿的完美结局，作者想借此告诉读者后来人物身上发生的一切。但假如某件事发生在故事结局之后，那它对读者来说并不重要。要是这件事对读者来说很重要，那么你就应该想到，你的故事结束得过早了。

大多数小说作者的写作意图都不是巨细靡遗地讲述某一人物的一生。小说仅仅是一组快照，作者从人物一生中截取了一段特定的时间，因为它为故事提供了必要的情节路径。在故事结束之后，插进本质上是一段脚注的东西，告诉读者人物最后成了什么样，这样的做法时常会让小说的重心偏离故事本身，或者冲淡结尾带来的震撼。

当然，存在一些例外。例如，在《怎样买到对阅读的热爱》（*How to Buy a Love of Reading*）中，坦雅·伊根·吉卜森（Tanya Egan Gibson）在后记中向读者交代了人物的结局。这段后记的成功要归结于一系列原因，其中最为显著的一个是它具有必要性。因为她的书以一则暗示着悲剧的留言结尾，她需要让读者对未来瞥上一眼，才能安抚读者，让读者知道人物过得很好，他们会从这场悲剧中恢复过来，面向他们未来的生活，在经历了这一切后，他们会成为更好的人。

吉卜森的后记没有草草总结发生过的故事，而是展示了具有戏剧张力的一幅情景。她没有将后来的故事捆好装进压缩包，而是用巧妙的方式对压在读者喉头的疑问给予解答，同时还创造了人物的人生尚在行进中的感受——即便是在读者合上书之后。如果你想写出具有生活感的小说，那么判断要给故事添上后记与否，关键就在于后记是否能营造出这种延续感。

只要你选择正确的表现形式……没有什么危难是不能解除的。

　　　　　　——迪克·弗兰西斯（Dick Francis）

第十三章　有关小说结构的常见疑问

小说的结构一成不变，因此只要作者对其有所了解，把握小说结构是相当容易的。尽管如此，不少人对小说的结构仍抱有数不清的疑惑。以下是我最常遇到的一些问题。

问：如果我没有按照三幕结构来构思我的小说，是不是一定会被出版社退稿？

答：简短的回答会是"是的"。不管你火速读上多少本畅销图书，都会发现它们全都遵守了小说结构的基本原则：钩子、激励事件与核心事件、反应阶段、中点、行动阶段、高潮、结局。小说结构之所以重要是有原因的，即以下这个简单事实：结构是一切的骨架——它将人物与冲突架构进这趟让读者智力上信服、情感上产生共鸣的旅途。

另一方面,加长版本的——可能还令人产生误会的——答案是,不是所有畅销书作者在写作的时候脑中都有清晰的结构,部分小说的结构可能在很大程度上依仗作者的直觉。大多数读者对结构都一无所知,但假如结构出现了错位,并导致了小说的失败,读者就会有所察觉。作者也是同样的。很多畅销书作者在对小说结构全无了解的情况下写作,他们仍能写出成功之作,这是因为他们无意识地遵循着这些有关结构的信条。

不过,既然我们在讨论的是刻意偏离结构的小说写作,我们必然会涉足晦暗而危险的水域。有关写作的条条框框注定会被打破——但作者打破它们必须出于明智的理由。

问:小说的类型会左右小说的结构吗?

答:所有类型的小说都拥有同样的基本结构。不管你着笔在写的小说应该被归为哪一类,主要情节点的位置(小说的1/4、1/2、3/4处),以及小说的三幕结构并不会因此而异。尽管如此,对不同类型,甚至是同一类型的小说而言,这些大块之内不同内容的相互平衡有所不同。优秀的小说不会因为它属于哪一类型就被掩盖光彩,但了解每类作品各有哪些倾向是一件重要的事。

有些小说会在开篇的第一部分塞满打斗场景(吉姆·布契的经典奇幻小说《考尔德伦的愤怒》);有些小说直到中点前都不会出现动作场景(迈克尔·克莱顿的惊悚小说《侏罗纪公园》);另

有一些小说直到高潮之前都节奏平缓〔F. 斯科特·菲茨杰拉德（F. Scott Fitzgerald）的文学作品《了不起的盖茨比》(*The Great Gatsby*)〕。尽管在某种程度上这种不同是由每个故事的类型和需要决定的，对你要写的这类小说进行研究仍不失为必要之举。作者应该广泛阅读，处处留心，对结构上具有重要性的片段以及它们展开的方式做好笔记。

问：如何在小说的结构中安排一段闪回？

答：虽然闪回看似会给依时间顺序叙述的故事情节带来波动和混乱，但实际上，它们对故事的结构毫无影响。除了以下这个例子——激励事件在故事正式揭开序幕前就出现，然后出现在一段闪回当中，其他时候，闪回在故事中的安排与其他任何情节都没有区别。闪回有时候可能会作为主要剧情之一出现，前提是人物对这段故事的追忆出现在故事主线当中，并促使他做出决定性的、令剧情因此扭转的行动。

问：假如我决定在小说里加入序言和后记，那我该如何在结构上安排它们？

答：一般而言，序言和后记被视为处于故事主线之外，但要想取得令人满意的效果，它们就应该被嵌入小说的基本结构中——而且必须如此。一个简单的技巧能教你如何决定序言和后记在整个故事中所扮演的角色：你只需要忘记它们是序言和后记，把它们当作第一章和最后一章。如此一来，序言就至少必须囊括悬念的所有要素，而后记则必须同时作为小说的结局。

问：假如小说并非独立成篇，而是从属于某一系列，它在结构上会有什么不同吗？

答：一个系列中的每本书都必须和独立成篇的小说一样，拥有同样清晰和独立的结构。不过，从属于某一连载系列的小说在结局部分会留出更多余地。小说的高潮仍必须给出确凿的结果，一般而言至少是某种程度上的胜利（想一想《帝国反击战》），但作者可以忽略许多线索和支线剧情，鉴于你有一整个系列可以用来解决这些遗留问题。

根据你自己的小说的不同类型与需要，你可以选择用这样的方式书写系列中较靠前的小说的结局，要么让主人公小胜反派（在《饥饿游戏》中，凯特妮斯与斯诺主席相比更占上风，但她没能彻底击败他），或者，作为主人公摧毁主要反派之路上的一个关卡，让主人公征服一位实力稍弱的反派（比如在布兰登·桑德森的《迷雾之子》中，文打败了鲁勒大帝，这让她在后续小说中发现了更为邪恶、强大的蒂普尼斯的行踪）。

至于哪些支线剧情作者可以放心搁置，由于每本小说中的支线剧情都各不相同，这是一个很难回答的问题。根据一般规律，作者应该做好准备，对一切和故事主线冲突有关联的内容都给出答案。不管剩下的是什么内容，你都能把它们留到下一本、下下本书里再解决。对人物情感来说，这一规律格外显著，因为角色之间的感情经常在最后一本书里方才瓜熟蒂落。最重要的是作者必须保证，即便支线剧情没有来得及被解决，整体情节也不会因此停滞不前。

问：假如一本小说是系列中的一册，那么它的戏剧性问题是否必须在书内得到解答，还是可以保持悬而未决，被留到之后的续篇中？

答：这要取决于这个戏剧性问题具体是什么。假如它足够强有力，被留到系列的后续中也没什么问题；然而，假如问题较弱，它的引入和解答就必须发生在同一本小说之内。正如我们在前一章中讨论悬念式结尾时所说的那样，最重要的一点是作者需要在满足读者继续阅读的欲望与避免他们由于得不到答案而产生沮丧之情中做出取舍。

问：如果我把第一个情节点放在全书的 18% 或 27% 处，会有问题吗？

答：作者无须为各部分的情节点稍微超过结构上的占比而担心。只要大致上与基本结构相符就没有大碍。

问：为什么情节点的位置安排在书里比在电影里要更加灵活？

答：一部两个小时的电影比起小说更缺乏发挥空间，这意味着电影在大纲上必须更紧凑（短篇小说也是如此）。长篇小说的篇幅让它对瑕疵更为宽容，重要事件之间存在更宽裕的间隔。相比于短篇小说，读者内心的天平在阅读长篇小说的时候没有那么精准。

问：我没有写大纲的习惯，我该用什么方法安排我小说的结构？

答：对不打提纲的作者，我的建议是打一个提纲！放心，我是在开玩笑（基本上是的）。起草一份大纲的确会让写作者对小说结构的规划变得容易得多。要是作者在有灵感时就趁热打铁，奋笔疾书，对小说的全景了然于胸就比较困难。大纲可以让小说的写作效率飞速提升，让作者更容易把握情节点的位置。

写作必然是在掌管创造性的右脑与掌管逻辑能力的左脑——艺术家与能工巧匠——之间取得平衡的过程。鉴于最绝妙的点子都从我们的深层潜意识而来，保持灵感和随感觉而行当然重要，但我们同时也必须学会后退一步，用辨析的视角看待这些点子，修枝剪叶，加以点缀，确保它们在结构上是合宜的。

至少，在起草小说初稿之前，我建议这些作者找到所有的重要剧情（钩子、第一个情节点、中点、第三个情节点、高潮）。如此一来，你就能对每个情节之间有多少篇幅有大致概念。要是这样的一份提纲对你来说都过于烦冗，那就随心所欲地发挥吧（相信一个写作者那具有惊人精确性的直觉），最后再依照需要做出修改。

问：要是我的小说有两个主人公，而围绕他们展开的是两条截然不同的剧情主线呢？

答：有些情况下两个视点人物参与的剧情会有重合，有些时候其中一人参与的剧情对另一人物会有影响（假如先忽略另一人物的故事中必须有与之相呼应的剧情），有时候在大部分的故事里，两个人参与的情节互不交错。第一种情况是最常见的，也是最容易上手、承接最自然的一种写法。这种彼此独立的故事可以融合进同一结构中，只要每条剧情线之间存在关键影响即可。假如每条主线都缺乏完整的重要剧情，它们就必须存在内在关联，使得其中一条主线的剧情能够左右另一条的发展。

问：同一套结构是否也能在短篇与中篇小说中应用？

答：是的。不管小说有多长，不管故事有几千字还是几十万字，基本结构都不会有太大出入。唯一不同的是各部分的长度要根据比例发生变化。

第二部分

情节结构

你不一定能在文字风格上做到尽善尽美，但你可以在情节结构上做到完美无缺。

——兰迪·英格曼森（Randy Ingermanson）

第十四章　情　节

来回答一个陷阱问题：整部小说中最容易被忽视的一块拼图是什么？

好吧，这个问题实际上并不是一个陷阱。这是个合情合理的问题，并且有一个合情合理——尽管有些出人意料——的答案，那就是：情节。

是的，你没听错。情节——最必不可少、最显而易见、出现在每一个故事里的最普遍的要素——在小说写作的技巧方面，情节同时也遭受着最严重的低估和误解。

每个人心中对情节的定义似乎都有所不同：

- 情节是一系列行动。（嗯，这是个好答案，但"一系列"指的又是什么？）

第十四章 情 节

- 情节是在同一场景里发生的一系列行动。(基本上没错,但绝对可以找到例外。)

- 情节是由不变的几个人物完成的一系列行动。假如角色阵容发生了变化(比如一个人物出场或退场),那么这一情节就结束了。(这简直离题千里,自然,有一些情节始于人物的出场,结束于人物的退场,但在某些完美符合定义的情节中,重要人物的出现和离开却都是灵活变通的。)

- 一个情节是独立于前后其他情节的一系列段落,由同一页上的空行或一排星号标示出来。(这是情节的基本特征,但如果我们深究下去,会发现这个标准过于武断,更多是关于小说节奏的把握,而非和情节结构有关。)

在我们深入讨论以前,我希望本书的读者能抽出一小会儿,思考你对情节的定义。我敢打赌情节要比你想的更难定性,是吗?

大多数对情节的定义的缺陷都在于它们——可以这么说——太过模糊。正是由于它们的模糊性,对想要对构成故事的砖瓦加深理解的那些作者来说,它们的意义不大。既然诸位读者的心里已经有了对小说结构的基本了解,现在是时候来跟情节结构的本质打交道了。

在接下来的几章里,我们要寻找确凿的真相。我们会找出情节的基本结构、不同小说中的情节与基本结构的差异,以及用什么样的方法一个接一个地安排情节，才能使故事从头到尾都顺顺当当。随着我们深入探索有关情节的奥秘，我们还会探讨如何对每一个情节的起承转合进行架构，如何在不同情节之间搭起桥梁，让它们组成像样的骨牌序列，以及如何利用有关情节的知识检查故事剧情是否存在问题。

两种情节

首先让我阐明这一点——我们要讨论两种不同的情节：情节（scene，主动行动）与后续（sequel，被动反应）。我个人认为，"情节"与"后续"是极其荒唐的叫法，对于厘清对这一问题的误解毫无助益。不过，它们是对我们即将讨论的小说元素的常见称呼，从长远来看，继续使用这两个说法会招致较少困惑。

为本部分的叙述之便，加粗的"**情节**"用来表示由情节和后续两个部分组成的故事结构。我用正常字体的"情节"和"后续"分别指代**情节**的两个细类。

请注意，这些区别与情节或章节的中断无关。通常情况下，情节或后续的结束都伴随着一个间隔，因为间隔会给人自然的过渡感，但这并不是成规。我们在这里讨论的只是行动与反应的始与终，这些内容是营造故事戏剧性的砖瓦。

在我们继续深入这个话题时，我会把情节与后续分成更细的小块，这样我们就能来分析它们是如何行进的。但现在我们先从整体上来看。

情　节

情节是我们看见冲突的地方（与冲突相对的则是紧张气氛）。它属于"行动/反应"这对要素中的行动。情节中时常会有大事发生，重要情节决定着整个故事的走向，而人物的行为能影响之后发生的一切。在你的故事里，这些时刻是非常突出的。

后　续

后续（我们会在之后的章节里对此做更详细的讨论）在小说中的出现则要低调得多，但这一要素的重要性却不言而喻。后续是人物对某一事件做出反应的时刻。这一部分不会有太多直接、明显的冲突，但人物之间的气氛却分外紧张。人物与读者在经历了先前情节中天马行空、扣人心弦的事件后，都能在后续部分喘上一口气。人物会对一切有所反应，做出决定，而这会导致人物走向小说中的下一个情节。

情节的三个基本要素

就像小说本身，情节同样有一套具体的结构。就本质而言，

情节和后续的起承转合与篇幅较长的故事结构——本书前面展示的内容——并无区别:

- 开头 = 悬念
- 中部 = 发展
- 结尾 = 高潮

用这种方式来看情节的起承转合可以说是基本合理的。但以上的区分并没有对如何创作这些要素给出任何建议。情节与后续都有同样的三段式基本结构,但这些要素本身在情节和后续中有很大的不同。首先,我们来看看**情节**的前半部分——情节——中的三个基本要素。

第一个要素:目标

这是一切的起始。从宏观角度来看,推动整个故事发展的正是你的人物的欲望。从微观角度上说,他的欲望推动了情节的发展。假如你的人物没有任何欲望,那么你的小说也就失去了前进的动力。

缺乏目标 = 不再往前冲

在任何一段情节当中，你笔下人物想要的东西要么是整本小说中他的欲望在细处的反映，要么是向他的最终目标踏进所需的跳板，抑或两者皆是。比如，要是你的人物在整本小说当中的目标是逃出一个战俘营，他在某一情节中的目标可能就是设法弄来一把铲子，或贿赂一个守卫，让他离开岗位，又或者他要说服一个狱友跟他一起越狱。一旦你对人物在某一情节中的目标有了明确的认识，这一情节的写作目的你就了然于胸了。

缺乏目标 = 缺乏意义

作者应该尽早确立人物在一个情节当中的目标。读者需要理解正在发生的一切。人物想做什么？为什么他想做这件事？假如他遭遇失败，会有什么后果？

第二个要素：冲突

在确立了目标以后，作者的下一个任务就是制造障碍，让人物不能太过容易地得到他想要的一切。比起"没有冲突就没有故事"，更准确的说法或许是"没有冲突就没有情节"。冲突是挡在人物与目标之间的障碍，正是冲突让小说免于过早结束。

冲突构成了情节起承转合中的中间／发展部分。一段情节的多半内容都是在讲述冲突。拿战俘营一例来说，故事的整体冲突是战俘营中残忍无情的军官要挫败主人公的逃跑尝试。但在情节层面上，这一冲突会以这样的形式来表现——偷铲子被抓到，被受贿的守卫敲诈，或者与对越狱踌躇不定的狱友爆发争吵。

不管情节中的冲突是什么，它的发生必须自然而然，就像在争取目标途中遭遇阻碍那样自然。与狱霸偶然吵上一架可能会给情节带来冲突，但如果这不会对主人公在这一情节当中对目标的追求造成阻碍，那么它就不是我们需要的那种情节冲突。

冲突有许多不同的表现方式，可以是一场持刀斗殴，一次塌方或者一张信用卡的遗失。冲突不一定发生在两个人之间，甚至无须是传统意义上的争论或打斗。唯一重要的是，冲突必须成为挡在目标前的障碍。

第三个要素：危机

冲突必须迎来一个决定性的结果，而这个结果很可能无法令主人公称心如意。情节的结果要为下一个情节提供铺垫。假如一切都被完美解决了，故事就无法再迈出符合逻辑的下一步，只能迎来结局。

有些作者可能会对情节被打上"危机"的标签感到不悦，因为它仿佛在意指每个情节的结尾都应该发生某种毁天灭地的不幸。假如你写的是惊悚小说，或许还行得通，但写的要是浪漫小说，或叙事稳重的文学作品呢？你不太可能在每个情节的结尾都让一两个普通人遭遇枪击,或者让一两辆车被撞毁。

一点儿不错。同样毋庸置疑的还有另一点:用彻头彻尾的失败来为每一个情节画上句号几乎是不可能的事。有些时候,为了让故事发展下去,作者必须以对主人公有利的方式来解决冲突。

但是,我仍想强调让人物在单个情节中遭遇危机的重要性,哪怕其目的只是增大挑战的难度,不让主人公轻易登顶。危机有多种多样的发生方式,被枪击和撞车只是这一概念中的极端案例。那些较为温柔的消极结果包括由于受骗而赌输,在前往重要会议的路上车子爆胎,又或仅仅是不慎让一盒情人节糖果化成了一摊糖浆。

危机必须自然地从冲突中诞生。假如作为一场争吵的后果,男主人公被他的女友甩了,这就是自然发生的糟糕结果。假如他和女友争吵,然后由于横穿马路遭遇逮捕,这就不太像一个合理的后果。作者要么对危机进行改动,让它和目标与冲突合拍,要么就对目标和冲突进行改动,让"被逮捕"这一后果有个合理的前情。

我们的战俘营情节可能会有这样的后果:想偷铲子的犯人找不到铲子,受贿的看守威胁要把主人公丢进单间牢房,或者狱友由于胆怯而指责主角的计划自私且鲁莽。最重要的是,在任一危机中,主人公都会身陷窘境。

弄清楚情节的目的

要写出有效的、富有意义的情节,作者需要问自己的关键问题是:这一情节的重点在哪里?目的是什么?

情节的创作有两种方法:

- 要么在对如何推进剧情一无所知的情况下,对将会发生的事进行一番想象。
- 要么在对如何推进剧情了然于胸的情况下,根据这一目的写出情节。

一般来说,第二种写作方法要更容易,因为我们知道故事剧情的需要,并据此有意识地构造情节。用前一种方式写出的情节可能较为生动自然,但我们得增增补补,让我们笔下的情节能够顺应必要的目的。不管你采用哪种方式,作者应有的自我提醒都超不出以下范畴:

> 作者着手准备写作一个情节的时候,首先要做的事就是确定该情节服务的目的,然后再找到其中的要素,即这一情节所包含的元素。(悉德·菲尔德)

你要将情节剥皮见骨。在当下,先不要去考虑角色塑造或小说探讨的主题。问问自己这一情节是如何推进剧情的？它如何上承前一情节中已发生的事，下接后一情节中将要发生的内容？

在我以十字军为背景的历史小说《看见黎明》中，我设计了这样一个情节：主人公马库斯·安南在撒拉森战俘监狱遇见了一个苟延残喘的老友。这是这一情节的用意所在：这是让故事走向后一个情节所必需的——安南兑现了他许下的承诺，保护友人的遗孀并娶了她。

一旦你明确了你写某一情节是为达到什么目的，你问自己的下一个问题就是：冲突在何处？如果你的情节过于轻飘飘，让你的目的只能流于表面，那么你就必须再加入一些内在冲突。

在《看见黎明》中，冲突首先来自两位人物共同面临的身陷牢狱的危险，随着情节更进一步，冲突亦来自人物之间逐渐加深的敌对情绪，二人认识到他们的最终目标背道而驰。

你笔下的冲突是表现情节用意，并引其向前直到爆发的顶点的工具。或许更重要的一点是，正是冲突抓住了读者的注意力。

一旦你对情节的目的和主要冲突全都胸有成竹，你就能通过写在纸上的词句来深化情节里的潜台词。让两个人物发生争执也许能满足上述两个条件，但这场争执本身并不足以成为这一情节的锚点。

问问自己以下问题：这一情节下藏着什么？有什么发生在人物之间或者在背景里的内容是没有被冲突本身说尽的？或许你笔

下的人物在陷入疯狂的爱情的时候，却仍在相互声称无法忍受对方。或许一方明明正在策划谋杀另一方，两人却假装他们之间的关系没有任何问题。

潜台词能展现的东西太多了，你只需用心选择小说的背景、对白，以及叙述方式，一切潜台词都会浮出水面。你没有说出口的内容可以和你写出来的内容一样强而有力。如果你的人物马上要分手了，何不把情人节当成分手日呢？或者他们的别离可能发生在一家电影院，就在一部拥有完美结局的爱情电影播放制作者名单的时候？不要随意选择人物所处的环境。选择能让每一个情节带来的感情冲击最大化的背景环境。

让平淡的情节也保持行动

并非每一个情节都位于刺激的、白热化的顶点。像我们的生活一样，人物的生活也需要在紧张、危险、激动人心的瞬间与偶尔去趟杂货店之间取得平衡。但我们要如何确保读者不会觉得那些平淡的情节过分平淡，不会让他们打起哈欠，翻过书页，寻找后面的"像样的内容"？

我们可以先从帕特里克·罗斯福斯的幻想小说《风之名》中的一页说起。这本小说对叙述者的前十五年人生进行了漫长而详细的讲述。人物经历了各种妙趣横生、险象环生的历险，穿插在这些故事之间的则是较为平缓的、信息量庞大的情节。罗斯福斯以令人钦佩的技巧利用了紧张气氛与各种预象，即便是在情节推进最缓慢的时候，也能让读者手不释卷。比如，在一个早先的情节中，主人公来到一家客栈，想听一个因讲故事而著名的人说故事。这一情节中的冲突非常平淡，而巧妙的地方在于，罗斯福斯在开头就告诉读者，这个客栈是主角的敌人时常出没的地方，而对方想要主角的命。读者立刻就被这个似乎酝酿着杀机的情节吸引了。得知主人公要寻他所求是冒了生命危险的，读者阅读这一部分时便紧张得啃起指甲来。

　　无论何时，如果你需要写一个平淡的情节，那就必须向读者保证，此时除他们表面上所见以外，还有更多好戏将要上演。如果你能让读者知晓，这个波澜不惊的情节只是暴风雨前的宁静，他们就会在哪怕是最平缓的情节里预感到紧张的气氛。

　　另一个你需要牢记于心的关键是动作的必要性。一个站着不动的人物——尤其是一个只停留在原地思考的人物——对推进剧情起不了多大作用。不单是因为他身处的这幅情景在视觉效果上过于苍白，还因为他没有做出任何能分割这些大段叙述与对话的动作。

　　一个正在行动的人物，即便他只是穿过街道，都会给读者一种故事正和他一同前进的感受。他的动作透露出的行进感与急迫感对推动故事来说是至关重要的。

让我们先假设，你写作的最新情节中包括了各种各样令人兴奋的冲突，包括读者们等待已久的主人公与反派之间的正面对峙。你引进了一个引人入胜的新背景，写出了几句热辣滚烫、教人玩味的对白，然后让人物开展行动。听上去像个完美的情节，是不是？

听上去确实如此，可结果开头的几个段落却比平底锅里的煎饼还缺乏起伏，就连你自己都感到乏味。这都是因为这一情节缺少了某些重要的元素：活泼感、动态感，以及动作感。

在撰写一部历史小说的时候，我就碰上了这个问题。其中一个重要情节发生在内罗毕的一个火车站中，我的主人公站在站台一端，一动不动，看着反派走向售票柜台。他的脑中此刻有千万种情感涌过。这个情节非常充实，在叙事上充满多种可能性，它的结尾便是那场万众期待（书中人物、我自己，以及读者们）的正面交锋。

但是这一情节却遭遇了滑铁卢。问题在于，主人公仅仅是站在那里，他什么都不做。其结果就是，我笔下的这一情节也毫无内容。

假如一个情节当中的某些内容让你感到不大对劲，那就停笔片刻。闭上眼睛，让这个情节在你的脑中回放，就像在放电影一样。你的心灵之眼总能看出这一情节应有的模样，基本上，你总会在静止不动的人物身上卡壳。

我最后划掉了这个情节的开头,推翻重来。这一回,主人公不再静立在站台上,等着反派看到他。相反,他十分忙碌,正在把大堆的种子装上火车车厢。在他抬头看见反派的那一刻,由于他一直处于动态,这一情节已经向前推进了不少,而通过和他的动作结合在一起,他的内心独白也被分成了更紧密的小块。看!要使我笔下的情节免于被无聊扼住喉管的命运,只需一点点小改动,便能让它起死回生。

假如你正为一个沉闷或臃肿的情节而犯难,那就重新审视一遍,确保人物都在活动。除非你有足够有力的原因,否则就不要让他们干坐着或干站着。让他们手头有事做——既让他们行动起来,也让剧情向前发展。

动态中的情节

下面这个例子反映了情节中的三元素,来看一看《傲慢与偏见》的第三章:

- **目标**:在舞会上跳舞
- **冲突**:女士的人数多于男士,舞伴的人数不够
- **后果**:达西拒绝让伊丽莎白当自己的舞伴

一旦你厘清了这个最重要的故事组成部分的内在运作原理,

你就能如愿写出强有力的情节,这样的情节不但自身站得住脚,还可以帮你撑起整个故事,使剧情从头到尾都逻辑顺畅,富有感染力。

你的主人公们必须心怀改变的意愿。

——莉莉·安曼（Lillie Ammann）

第十五章　一个情节可以有哪些目标

一本小说及其中的情节总是始于某一目标。你的人物想要某些物事——某些他不能轻易取得的成就，不能轻易获得的宝贝。他的所欲所求在宏观上和微观上都造就了剧情的骨骼。主人公的所求定义了他这个人，在某种程度上也定义了整本小说的主题。

情节的目标有无数种可能，但到了你的故事中，目标就变成了特定的。人物在某一情节中所求的可能是任何东西，但在众多可能性中，作者必须选择那些有能力推进剧情的。想要在母亲节买粉色康乃馨是富有意义的目标，但假如你的小说讲的是核战，而人物的母亲只是一个存在感薄弱的角色，那么这样的内容就不应该出现在你的小说中，更不应该作为情节中的目标出现。

情节的目标就像我们先前讨论过的骨牌列，每一个目标都是你故事中前进的一步。追逐一个目标的结果是又引出一个新的目标,如此循环往复。砰、砰、砰——它们一块撞倒另一块,一块跟着另一块。假如它们并非如此——假如一个目标独立于整个故事之外——骨牌列就会中止,故事就会停滞不前,也许还会陷入死胡同。

剧情目标与情节目标

你笔下的人物在整体剧情中的目标是整本小说亟待解决的难题。他也许想当总统,也许想救他遭遇绑架的女儿,也许想和隔壁的女孩结婚,或者他可能想要治愈父亲的死带给他的创伤,开始新生活。假如我们把这一横跨整本小说的目标分成易于下咽的小块,我们就会发现,它是由一个接一个的小目标构成的。

可能你的人物在一开始并未意识到他想要崭新的生活,或者他想娶邻居家的女孩(尽管读者应该能从暗示中轻而易举地读出这些想法,没有额外说明的话)。但从小说的第一个情节开始,他心里就清楚他想要某些东西。

或许他意识到,他希望邻居家女孩的狗别再来嚼他的牵牛花;然后他意识到他得去和她见上一面,说服她把狗关起来。再然后他意识到她可爱得让人心烦意乱;再然后他意识到他想和她出去约会;再然后他知道必须消除自己给她留下的糟糕的第一印象;再然后他意识到他得给她买花。再然后……在你反应过来以前,这些情节中的小目标就会径直带你来到故事的大目标跟前。

在作者确立每一个情节的目标时,最重要的、作者需要牢记于心的内容,就是它与剧情的相关性。在支线剧情中,作者可以发展其他目标——除和邻居女孩结婚以外,与主线缺乏关联的那些目标,但最终这些目标必须同样融入整体剧情当中——以对其产生影响,或在主旨上遥相呼应的方式。假如某一剧情中,目标的达成或失败对故事的结局缺乏影响,那么它就缺乏与剧情的相关性。

尽管某一情节中的目标总是短期的(与之相对的则是长期的剧情目标),但它们并不会被局限在单一情节当中。有些时候,你的故事需要一个横跨数个情节的目标弧线。比如,在第三个情节中,你笔下的人物可能想约邻居女孩出去玩,但这并不是他在短短一个情节中便能达成的目标,他可能直到第十一个情节都没能攻克这一目标。

在这样的时刻,我们就需要引入碎片式目标。就像小说目标是由各个情节目标构成的一样,碎片式目标累加起来就构成了首要目标。在我们举的例子里,人物为首要目标付出努力的过程可能包括了碎片式目标的逐一达成,比如有意制造数次偶遇邻居女孩的机会,要到她的电话号码,给她寄去鲜花,以及为朝她的狗大喊大叫而道歉。

一个目标需要一系列情节来逐渐达成,这并不意味着其中的每一个情节就无须拥有独立的目标。但不要用这样的想法禁锢自己，不必认为每一个情节都是一座孤岛。每一个情节只是整体当中的一小部分。既然故事必须具有完整性，每一情节就自然都是彼此相联系的。

共同目标

提起好人和坏人，我们会联想到截然相反的两种人。但要是我告诉你，在最优秀的小说里，主人公和反派往往有更多的共同点呢？英雄和恶徒越相似，你的故事就越有力，你的人物就越贴近现实，你对主题的探索就越深入。

> 英雄与反派之间强烈的反差只有在两个人物存在众多相似之处时才具有鲜明的感染力。面对同一个窘境，两人的解决方式只有毫厘之差。正是由于他们的相似之处，他们身上那些重要的、富有教育意义的不同才显得如此清晰。（约翰·特鲁比，《故事写作大师班》）

或许，你创造的主人公与反派之间最重要的相同点是他们的主要目标。在你的故事中，他们的共同目标正是冲突的核心。正是这样的东西给了你把两个人物推到一起的理由。他们的共同目标也是一面明镜，反映出的既是他们的相似之处，也是他们最关键的不同。

比如，达希尔·哈米特（Dashiell Hammett）的代表作《马耳他之鹰》(*The Maltese Falcon*)中，几乎每个人都在寻找与作品同名的古董。在《情话童真》中，主人公和她邪恶继母的目标都是王子。大卫·杜西（David Twohy）的《星际传奇》(*Pitch Black*)中，好多人物——亦正亦邪——都想在被夜行的怪兽吃掉以前逃离这颗被黑暗笼罩的星球。

主人公与反派的其他两个重要的相似之处是个性和价值观。

当主人公和反派拥有相似的性格特质时，你就能开辟出对这两个人物进行研究的新领域。是反派让主人公身上最糟糕的一面得以突出，是反派让读者领悟，假如书中的主人公做出了错误的选择，他会变成什么模样。

在原来的"星球大战"三部曲中，卢克·天行者离走上成为黑武士的道路只有一念之差。《傲慢与偏见》的成功，靠的是伊丽莎白与达西彼此共有的那份傲慢与偏见。乔·德特杜巴（Joy Turteltaub）的《还我童真》(*The Kid*)中，一个事业成功、怏怏不乐的混蛋奇遇了八岁时的自己，小时候的主人公成了他自己必须面对的反面人物，而他的存在完美地诠释了主人公一生中做出的那些糟糕决定。

英雄与恶棍甚至不一定有两套截然不同的价值体系。那些双方都在为正义的理由而斗争的作品，则给了我们探索真与善的不同侧面的机会。有多少兄弟阋墙的内战故事正是基于这一前提的？

《怒海争锋》中，令奥布雷船长迷惑的是为什么走私船如此锲而不舍地追杀他，他被告知，法国船长"就和你一样能打，杰克"。一开始，《爱国者》中的主人公与残忍的反派似乎区别甚大，但没过多久，观众就发现，这两个男人以同样的方式进行他们各自的战争：残忍，高效率，将结果置于道德之前。《蝙蝠侠：侠影之谜》向观众呈现的主人公和反派都致力于清扫犯罪，让世界变得更好，而他们的不同之处仅仅是为达到目标采取的手段。

假如你在心里捏出了几个人物，却发现你对他们其中的一人或另一人心中想要什么一无所知；或者你写出了一个反派，却发现他不配当你笔下英雄的对手——你只需寻找（或者创造）你笔下的英雄和恶棍的相似之处。如此，深入刻画人物、剧情、主题和单独情节的机会就会源源不断地涌现。

情节目标的各种可能性

情节目标的呈现方式可以天差地别。你的人物可能想要烧掉一摞信件、打个盹儿、躲到衣柜里，或者让一条船沉到河底。但大多数目标都能被归进以下这些类别里。

你的人物想要：

- 某一具体的事物（某样东西、某个人等）
- 某些无形的东西（他人的仰慕、某一信息等）
- 逃离某种物理上的桎梏（牢狱、伤痛等）
- 逃离某种心理上的桎梏（忧患、疑窦、惧怕等）
- 逃离某种情感上的桎梏（悔恨、抑郁等）

人物达到这些目标通常有以下方式：

- 搜寻信息
- 掩藏信息
- 隐蔽自己
- 隐蔽他人
- 对峙或攻击他人
- 修缮或毁坏某种实际物品

有关情节目标的疑问

一旦你确定了一个情节的目标为何，就搁下笔，问一问自己下列问题：

- 这一目标在整体剧情中是否合理？

- 这一目标是整体剧情中的固有部分吗?
- 这一目标派生的其他问题,或者它的解决方案,会不会带来新的目标、冲突或祸患?
- 假如这一目标是心理上、情感上的(比如过上快乐的一天),它在对外表现上是否有要求(比如朝每个人露出微笑)?这个问题不总具有必要性,但比起仅仅描述人物的心理活动,让人物对外袒露他们的目标是更为有力的表现方式。
- 目标的成功或失败对第一视角的情节叙述者是否有直接影响?(假如没有,那么你就不应该用他的视角来讲故事。)

行进中的情节目标

让我们来看看几个行进中的情节目标。

- **《傲慢与偏见》**:班内特太太在第一章中的目标,是说服她的丈夫邀请初来乍到的宾利先生来做客。尽管她不是故事的主人公,她仍是第一个场景中主要做出行动的人物,因此,让她来实现第一个目标是较为合适的安排。这一章给了读者一个完美的开篇目标,因为它不仅呈现了一个短期的情节目标,还引入了小说的整体目标。

- **《生活多美好》**：在第一个情节中，天使约瑟夫的目标是找到一个他能派去帮助乔治·贝利的天使。就像《傲慢与偏见》一样，这部电影开头用了主人公以外的人物的视角，然而这样的视角安排让观众精准地看到了故事的整体目标（通过帮助他理解自己的人生是有意义的这一点，救下乔治·贝利）。
- **《安德的游戏》**：这本书以数个短小的情节开头，呈现出除主人公外的其他人物的目标（同样，这些情节引出了整部电影的核心剧情）。安德的第一个目标是躲开学校里的恶霸，登上校车而不惹事上身。
- **《怒海争锋：极地远征》**：故事的整体目标，以及某种程度上的第一个独立的情节目标，在电影的开头便出现了，也就是杰克·奥布雷下令追寻并摧毁法国私掠船"地狱号"的时候。电影确立这一目标的方式是让观众看到指令，然后便推进至第一个情节：军官正远眺海面，观察何处有异常，那里可能就是他们追捕对象的现身之地。

一个情节只要有了像样的目标，剩下的部分便会自然地应运而生。只要每个情节都是你的故事的内在需求，并能推动剧情向前发展，你就走对了写出扎实连贯的小说的第一步。

为了写出剧情,你必须先创造冲突,你的故事里必须有件坏事发生。

——麦克·贾杰(Mike Judge)

第十六章　一个情节可以有哪些冲突

一旦你确立了人物在情节当中的目标，乐趣就真正开始了。冲突就是小说的全部内容。没有冲突，人物用不了多久就能达成心愿，所有线索都能得到解答，故事就此拥有完美结局。这对故事中的众人而言或许是件好事，但读者却会被无聊到僵死。

加入冲突，让背景后退。

你的人物正兴致高昂、连走带跳地向他的目标——为年度圣诞儿童慈善活动出一份力——走去，忽然间，嘭！匪徒出现在面前，拦截了通向目标的路，要你的人物把他的钱全交出来。

突然间，你的情节变得更有趣了。读者屏息凝神，想知道你的人物能否从这帮匪徒手里逃脱，把他的善款送到可怜的小孤儿们手里。

冲突能使你的小说保持前进的步伐。当人物的初始目标被冲突阻碍时，他会更换一个新的临时目标来应对挫折——如此循环往复，直到他最终达成目标，而故事也随之结束。

对于在小说中加入必要的挫折这件事，作者有时候会面临一些困难。要么，他们笔下的人物悠闲度日，跟周围的人相处融洽，整天做些无关紧要的事；要么，他们确实和某人发生了争吵或完成了重要的事情，但由此引发的事件被迅速解决，因而呈现的冲突既无足轻重，又令人兴致索然。

想一想不同程度的冲突。首先，有些冲突能够毁天灭地，例如邪恶的外星人夺走了人类生活中必不可少的日光。此外，我们还有大规模的、人类之间的冲突，比如战争。这样的大冲突是极为重要的，它们让故事自带一种危险而紧张的气氛。但小说探讨的从来都不是这些冲突本身。关乎战争的小说相较于人物更关心事件本身。假如这正是作者想做的事，那很好。但对大多数的故事而言，其真正的力量都来自角色之间更小、更私人的冲突。

在设计人物间的冲突时，作者经常会从主人公与反派之间最为显著的争执入手。但为什么要就此停步呢？为什么不更卖力一点儿？主人公和他的家庭之间的冲突；主人公和他的盟友之间的冲突；反派与他的盟友之间的冲突。让每场冲突的激烈程度有所区别，让每一个情节都充满冲突。

给人物制造冲突时不要缩手缩脚。没有冲突和它带来的痛苦，人物也就没有了存在的理由。仔细分析你的情节，确保每一个情节中,你都在人物和他的目标之间竖起了障碍。

你设计的冲突是否必需?

冲突是小说中的生活的血肉。冲突的出现意味着有事发生。冲突带来变化。此外,人类对他人之间的冲突都有一点儿窥私癖的天性。以上都给了我们理由把冲突塞进小说里。保证每一页上都出现冲突;在故事的脚步滞缓下来的时候,只需再多来一点儿冲突。冲突、冲突、冲突——它是小说的万金油。

果真如此吗?

真相却是,冲突并不是我们想象中的神丹妙药。比如,想一想最后一则建议:"在故事的脚步滞缓下来的时候,只需再多来一点儿冲突。"

表面上,这像是一则很好的建议。但是如果我们深入地思考下去,就会发现它有很多问题。

为什么?因为只有剧情之内的冲突才会显得有趣、有说服力。换句话来说,为冲突而冲突,写出来的情节不但和动物园里的闹剧一样无聊透顶,还会让读者感到难以下咽。

(你的读者)希望人物付出的努力是有意义的。冲突必须是朝更好的方向蜕变的结果,是对智慧和正确方向的坚持的产物。所以，除非你已经埋下了足够的动机，否则要是故事里的拳击手无缘无故地重伤一位警察，或者践踏一位运动场的看门人，读者会对此感到嫌恶。要是一帮素不相识的混混恰好挑了故事中战士被击溃的时刻用烂鸡蛋砸他，读者也不会对此感到满足。〔德怀特·V. 斯温（Dwight V. Swain），《畅销书写作技巧》(*Techniques of the Selling Writer*)〕

故事中原本被描绘得慷慨心善的人物被劫匪抢走了善款，这可能就是个不错的冲突。这样的冲突直接干扰了把钱送到孤儿手中这一目标。但是如果这伙劫匪只出现了这一次，要是他们的出现仅仅是为了把钱偷走，这就不是一个剧情必需的冲突。

更糟糕的情况是，冲突和情节的目标毫无瓜葛。假如艾丽在街上走着，想在她首次亮相的百老汇演出前应约去一趟理发店，让她卷入一场有关梅西百货感恩节游行的价值和重要性的争论就不会有任何意义。

相反，我们必须确保每个情节中的冲突既是先前剧情中发生的事的直接结果（或许我们的主人公往劫匪头子的脸上扔了一个雪球，把他激怒了），又是主人公与他的目标之间的直接障碍（或许梅西百货感恩节的游行让艾丽没法赶到理发店了）。

你需要的是在剧情范畴内具有合理性的冲突。你需要的是在剧情中自然发生的冲突。这样的冲突总是会牵涉到书中人物，而且不仅与人物性格有关,更准确地说,冲突与激励人物向前的原因,他的目标和他做出的反应都有关联。对剧情有推动作用的冲突诞生于对主人公目的的直接阻挠。

冲突的必要性并不总是显而易见的。梅西百货的游行对艾丽来说可能没有任何直接影响,但对游行的争论或许是人物与人物之间某种深层的、未加说明的冲突——一种会造成内在阻碍的冲突。

从表面上看,冲突是一个十分简单的机制。(两个人之间发生争执,这能有多复杂?)但我们必须了解是什么在每一个情节背后推动了冲突。是什么引发了冲突?在之后的情节里,它又会诱发怎样的变化?只要对这两个问题有了答案,也许在你还没反应过来的时候,手上就有了连贯而具有说服力的剧情。

让冲突在角色之间产生

必要的冲突必然源自人物的个性,以及他们的内在和外在目标。假如你小说中作为第一视角的人物对任何情节中的冲突都缺乏深入的参与,你要么应该让他个人的经历更为丰富,要么就采取另一个人物的视角,一个拥有足够精彩的冒险经历的人物。在任何一个情节中,作为主视角的人物的参与必须对他本身有着特殊意义,最好在肉体和精神层面上都是如此。

不要怯于创造彼此意见相矛盾的人物。争论是常有的事,即便是朋友间的争论。在生活中，我们倾向于把和蔼可亲的人设想成老好人。但在小说中可不是这样的。在小说里，老好人是吸走冲突的吸血鬼，他们会带走小说的血肉，让读者手里的书卷变得苍白而无力。有点儿疼，是吧？可以理解的是，我们希望我们笔下的大多数人物都和蔼可亲，但我们如何才能分辨出他们是否成了过分的老好人？

我读过的一本经典幻想小说给我们提供了一个很好的例子——老好人是如何扼杀小说中的冲突和动力的。这本小说有几十个人物，几乎每个人都在为同样的立场而战斗——自然，他们彼此之间都很和气。没有什么不对的，是吧？

嗯，如果你认为你的故事当中每一个情节都需要包含冲突，你就会发现，让所有角色和睦相处，每天早晨醒来都兴高采烈，对每个人都一副老好人的态度，这样的主意并不会让冲突持续下去。因为这本书从未去刻画邪恶的外星反派，而英雄们甚少和他们有所交流，因此作者基本上堵死了所有通向情节冲突的可能路径。

不要踩进缺乏冲突的陷阱里。为你的人物刻画出各种各样的缺陷，让他们产生各种各样的争执、各种各样合理参与冲突的动机，还要记得加入各种各样的反面人物。

但与此同时，小心不要创造假冲突。和假悬念一样，在作者试图以不自然的方式操纵整个故事时，假冲突就产生了。假悬念是指作者告诉读者有激动人心的或危险的事要发生，而实际上并没有这样的事。假冲突则是指作者在两个或更多人物之间点起火花——在那些他们缺乏自然冲突的问题上。

比如，在一部浪漫喜剧里，作者让两位主人公在整个故事中都摩擦不断，因为在男孩打动女孩的心的那一刻，这个故事就结束了。因此，即使两个人已经疯狂地爱上了彼此，作者可能仍会让他们发生小小的口角和误解，以及因此引发的更严重的争吵。

这类冲突让有趣的情形和对话得以发生，并成功地阻止人物过快地达到目标。当冲突相较于人物性格和剧情需要显得不那么合理的时候，读者们就会为此感到挫败。只有在人物的行为是真正发自内心的时候，冲突才能大放异彩。

在对话中安插冲突

大多数作者和读者都同意一件事，那就是简洁有力的对话胜过一切描写。聪明的、酸楚的、浪漫的、含着怒气的对话，这些都很好。我们都乐意看见人物张嘴，口无遮拦地说话。但写出完美的对话比起张嘴表达浮现在脑中的想法可要困难多了。对话的核心就是冲突。我们如何才能利用故事中的冲突，用一种有效、有说服力的方式，让对话富于感染力？

如何在对话中利用冲突

让冲突始终处于对话的风口浪尖。冲突对剧情来说必须是有意义的。随意地写两句争论是无法给你的故事带来它所需要的冲突的。只有在冲突推动剧情的发展，或者透露有关人物的有趣内容的时候，读者才会对它有所关心。

- **让对话有起有落**。冲突应该逐渐增强，走向顶点，然后力道渐弱，在高潮处得到（部分）解决。极有可能出现的情况是，在小说迎来结尾以前，你都无法完全解决这场争论和为其添柴加火的那些议题。尽管如此，每一个争论最后还是必须迎来一个可信的定论。

- **牢记人物的成长路径**。人物在进行这些讨论时，背后的动机和目标都是什么？人很少会在欠考虑的情况下和别人争论。他们心里总会有某个原因、某个目标、某项规划。你的人物想达成什么成就？他们想从彼此那里得到什么，才发生了对峙？

- **让对话的紧张程度彼此有别**。并不是所有对话都必须剑拔弩张。实际上，作者不应该让人物之间的对话全都剑拔弩张。只要巧妙地利用潜台词，你甚至可以让风平浪静的闲聊被冲突的潜流填满。要使小说富有趣味，你得让不同情节中对话的紧张程度彼此有别。

- **巧用潜台词**。利用人物之间的冲突来揭露他们个人的情况。比如，一场关于"谁忘记让猫出门了"的争执可能实际上针对的完全是另一件事——例如二人之间感情关系的失败是谁的责任。
- **谨记动作节奏之奇效**。有时候，恰到好处的动作节奏可以完美地替代一整页的对话。比起拖拖拉拉的争论，作者不如让一位愤怒的妻子用他们刚刚买回家的龙虾殴打她的丈夫。

如何避免在对话中制造冲突

- **不要写出绵软乏力的、不着边际的对话**。从对天气的讨论开始，以大吼大叫、咒骂彼此结束是有可能发生的事，但可能性微乎其微。
- **不要写缺少上下文的对话**。让读者看见作为第一视角的人物的内心反应（可能与他说的话大相径庭）。
- **不要过快地解决一切**。从"你是个无聊的蠢货"跳到"我爱你"在大多数情况下都是行不通的。争论有自然的起和落。假如你想让读者信服，就不能辜负他们的期望，让事情解决得太快。
- **不要让角色的争斗风格脱离他们的性格背景**。信仰真实和正义的人会以公平的方式打斗，而一个恶霸更可能会用上最卑鄙、最狠毒的招数。人物的争斗风格必须与其性格和价值观相一致。假如他争斗的方式违背了以上原则,你就必须给出很好的理由。

情节冲突的各种可能性

和情节目标一样,情节中的冲突也有着无尽的可能性。冲突可以以多种不同风格呈现在纸上,但大多数冲突都能被归入以下几类:

- 直接冲突(另一个角色、天气等;这些因素对主人公造成了妨碍并阻止他达成目标)
- 内在冲突(人物有了某种领悟,对原本的目标改变了想法)
- 情境冲突(没有面粉可以用来烤蛋糕,没有舞伴,等等)
- 主动冲突(争论、肉搏等)
- 被动冲突(被忽视、被关在黑暗中、被排挤等)

这些大类可能包括(但不局限于):

- 物理冲突
- 口头冲突
- 物理障碍(天气、路障、个人伤病等)

- 心理障碍（恐惧、健忘症等）
- 物理匮乏（没有面粉可以用来烤蛋糕）
- 心理匮乏（没有信息）
- 被动敌对（有意或无意的）
- 间接干涉（另一个人物远距离或无意中造成的冲突）

有关你的情节冲突的问题

一旦你找到了情节中的冲突，就停下笔，问一问自己如下问题：

- 在达成目标的过程中，人物遭遇的冲突对他来说是否有意义？（假如没有，那么他一开始就没有那么渴望他的目标。）
- 冲突是否是由对目标的追求自然发展而来的结果？
- 冲突背后的动机在整个故事中是否符合逻辑？
- 冲突是否会走向符合逻辑的结果（得到解决或演变成灾难）？
- 冲突是否对主人公的目标造成了直接的干涉或威胁？

行进中的情节冲突

在优秀的小说中，成功的情节冲突看起来是什么样的？让我们再来看看列举的这些书籍和电影。

- **《傲慢与偏见》**：在第一章中，班内特太太的目标是让她的丈夫请宾利先生来做客，如此一来，他们的女儿们或许就能被介绍给这位让她中意的年轻人。她面对的障碍则是班内特先生对她唠叨的被动抵抗。这里的冲突是以口头冲突的形式出现的。即使这算不上是一场完全的争执，没有恶语相向，甚至没有强硬的味道，但它仍使章节有了冲突，因为两人显然有着不同的想法。如果班内特先生立刻就向班内特太太的想法妥协（"啊，当然了，我的花儿，我很愿意去拜访宾利先生，既然你对此态度这么热切！"），这一情节就会立刻画上一个乏味得叫人哈欠连天的句号。

- **《生活多美好》**：小说的第一个情节冲突是由克拉伦斯的能力有限引起的。约瑟夫——他的上司天使——的目标是把克拉伦斯送下凡间，救乔治·贝利于水火。但由于天资愚笨，克拉伦斯不光迟钝，令人操心，还无法看到约瑟夫对乔治过往的描绘。这是一个很小的冲突（也是一个至少在某种程度上容易解决的冲突，鉴于约瑟夫只需帮助克拉伦斯看到过去即可），但这一冲突不但起着为情节调味的作用，还展现出了克拉伦斯性格中的重要一面。

- **《安德的游戏》**：在第一章中，安德的目标极其简单：他只想赶上校车回家。但冲突乍起，斯提尔顿和其他恶霸想妨碍他的努力。冲突是从人物和剧情中自然地发展出来的，因为那些恶霸正为他丢了监控器而奚落他。但此处并不只是为了冲突而制造冲突。第一场争吵不光恰到好处地展现了主人公的人物特质，还引出了在小说中将会占据显赫地位——并在根本上预示着高潮——的不幸事件。

- **《怒海争锋：极地远征》**：冲突发生在第一个场景中，对于他发现了敌舰"地狱号"这件事，海军学员霍洛姆先生坚定不移的信心动摇了。这一开篇情节主要围绕着霍洛姆内心的冲突展开，他的内心斗争通过他和另一所海军学校学员之间互传的简讯表现了出来。这一冲突简练生动地令船上生活的重要方面跃然屏上，展现了"惊奇号"与"地狱号"之间的总体冲突，同时还预示了霍洛姆在故事中将担任的角色。

描写冲突可以说是小说创作过程中最简单也最令人愉悦的体验。只要作者在每一个情节中制造合宜的冲突，故事基本就能被冲突本身的力量推动着按部就班地发展。

写作者能犯的最大错误是什么？是太过轻率地对待他们笔下的人物和读者。

——洛莉·德沃蒂（Lori Devoti）

第十七章　情节中危机的可能性

危机是在情节的末尾人物必须付出的代价。读者们对此等候已久——通常还带有一点儿令人愉快的害怕。它就是唯一的重要问题——"会发生什么事？"——的最终答案，至少在一定程度上是。在情节的三段式结构中，最后一段便是结果。情节的前两部分（目标与冲突）提出了一个具体的问题，结果则给出这个问题的答案。假如我们先前所举例子中的男主人公提出了情节的中心问题："我能约邻居家的女孩出来玩吗？"答案——结果——要么是"是"，要么是"否"。

在几章之前，我提到了一个事实，那就是有些作者讨厌用"危机"来命名情节的最后一部分，因为它仿佛在暗示每个情节都必须在险象环生中结束。但危机最擅长藏匿自己，它能以几乎任何面貌、任何大小示人，从而满足你的小说、你的情节的需要。

最重要的是，你得记住，制造危机的目的是推动剧情发展。假如一切平安无事，主人公如他所希望的那样，为情节的中心问题找到了答案，那么冲突就会枯萎、消失，而故事便也随之结束。

这就是我一再强调危机的重要性的原因。在每一个独立情节的末尾，作者都应该寻找阻挠主人公达成目标、给他的生活带来痛苦的方法。但是，这不代表他和他的目标永远间隔着一段距离。他可以部分达成他的目标，同时遭遇挫折。关键之处是继续在他头上施加压力，不要让他放松。情节中的危机把人物推到道路的两旁，阻碍他接近他的主要目标，与此同时，还在他不知晓的情况下把他推向真正需要的东西（与反派势力的最终对峙）。

让危机具有危机感

危机发生在情节中的火药桶引线燃烧殆尽的那一刻。你想让读者被惊雷炸醒，还是让他们目睹火花熄灭？不要在危机上吝啬笔墨，这不是好声好气地对待你笔下人物的时刻，不够强劲的危机是不会让你的读者感到满足的。更糟糕的是，在着笔书写后续和之后的情节时，一个微不足道的危机给作者留下的将是薄弱的地基。正因为在每一个情节中，危机都为下一情节中的目标进行了铺垫，不够强劲的危机便会反过来削弱接下来的情节。

任何危机的紧张程度都取决于人物在剧情当中的个人欲望与

需要。一个烤焦的蛋糕在一部间谍电影里或许无关紧要，但在一个青少年故事中——一个女孩答应烤一个引人注目的三层蛋糕带到学校的糕点义卖会上，只为和啦啦队搞好关系——烤焦的蛋糕可能就是天大的不幸。

尽可能让你的危机更有危机感。假如你的故事需要让蛋糕被烤焦，那么，你不应该仅仅让一只蛋糕稍微被烤过头。让烤焦的蛋糕引起烤箱着火，让厨房吱吱作响，在女孩的前门拉起火警警报，引起整个镇子的注意，这样如何？

但凡有可能，作者就应该把危机感推到极限。不过，不要把常识丢到脑后，小说中的危机必须符合上下文的逻辑。让一颗原子弹砸中女孩的厨房，可能就有点儿过火了。不光是因为过于突兀和戏剧化，这样的发展在故事情境内也无法自圆其说。更不要提人物会被全部炸死这一事实了……

"好啊，但是！"式危机

有些时候，为了推进剧情，情节中的危机不能完全是危机。目标部分受阻以及无用的成功就是这类例子。杰克·M.比卡姆（Jack M. Bickham）称这些不完全的危机为"好啊，但是！"式的危机。

"好啊，但是！"式的危机通常出现在这样的时刻——人物已经够格去面对情节的中心问题,甚至完全能够回答"是的"。他达成了他在情节当中的目标,但他还需面对未曾预料到的复杂情况。

以目标部分受阻为例,人物可能达成了一部分他在情节中的目标(例如,邻居家的女孩答应了和他约会),但事情在有些地方并不符合他的设想(她只答应和他匆匆喝上一杯卡布奇诺,而不是去吃个晚饭或看个电影)。

以无用的成功为例,他可能得偿所愿,却发现假如自己的愿望没有实现,他将会好受很多。比如,那位烤蛋糕的女孩刚刚在她漂亮的三层蛋糕上撒完糖粉,她的母亲就出现了,告诉读者女孩用完了最后一点儿面粉,现在全家都要忍饥受饿了(这未免有些过火,但你明白我想说什么)。

情节中危机的可能性

危机是情节中最容易辨认的部分。坏事就是危机。我们可以尝试着把它们归纳为如下这些基本类型:

- 对目标的直接阻挠(例如反派拒绝交出人物想要的信息)
- 对目标的间接阻挠(例如人物被边缘化了)
- 对目标的部分阻挠(例如人物只得到了他所求的一部分)

- 徒有其表的胜利（例如人物得到了他想要的东西，却发现它有害无益）

以上危机能代表每一种、任一种你嗜好施虐的小小想象力能够想到的东西。可能包括以下内容：

- 死亡
- 物理伤害
- 情感伤害
- 发现令问题复杂化的内幕
- 个人错误
- 对个人安全的威胁
- 对他人安全的威胁

有关情节危机的问题

一旦你找到了情节中的危机，就先停下笔，问问自己以下一系列问题。

- 这一危机是否回答了由情节目标引出的情节的中心问题？
- 危机是否是情节的内在构成部分（也就是说，危机是否是情节冲突的直接结果）？
- 这一危机是否有足够的危机感？
- 这一危机是否避免了过分的戏剧化？
- 假如你的人物在一定程度上或完全地实现了他的情节目标，那么是否存在拖慢他脚步的"好啊，但是！"式危机？
- 这一危机是否让人物拥有了一个崭新的目标？

行进中的情节危机

优秀的情节危机是什么样的？让我们来看看我们选的这些书籍和电影。

- 《傲慢与偏见》：第一章结束于显而易见的失败——班内特先生拒绝了妻子让他拜访宾利先生的请求。在班内特太太和读者眼里，这是彻头彻尾的危机。她没有从与丈夫的对话里得到她想要的东西。当然，她不知道班内特先生只是故意和她作对，他已经决定了要做她让他去做的事。从本质上而言，这属于"好啊，但是！"类的危机。不过，这样的危机作者必须用得非常谨慎，在大多数情况下，读者会觉得作者是在为制造虚假悬念而撒谎。
- 《生活多美好》：众天使出场的第一个情节，要到第三幕的开始——克拉伦斯在贝德福德瀑布现身、救下乔治——才真正结束，且只是给出了一个暗示。技术上来说，直到这一刻，整部电影都尚处于第一个情节中，因为其剧情是约瑟夫为克拉伦斯讲述乔治的一生。所以，这一情节中的危机就是约瑟夫讲到故事的结尾，乔治打算自杀，以此换取一万五千美元的生命险。

- **《安德的游戏》**：第一章由一个十分巧妙的危机画上句号，安德和恶霸之间的冲突迫使他采取了粗暴的反抗措施。他揍了斯提尔顿一顿，书中暗示（随后也证实了）他的下手让这个男孩没了命。尽管安德实现了他逃离恶霸一伙的直接目标，但在余下的故事中，他都会被斯提尔顿的死所纠缠。

- **《怒海争锋：极地远征》**：在发生了一场小冲突——海军学员霍洛姆对于是否应该做好战斗准备，让船长上甲板来的心理斗争——之后，危机忽然爆发，法国私掠船"地狱号"在浓雾中向"惊奇号"开了火。这场让船被摧毁、剑拔弩张而血腥的斗争仍在继续。

一旦你创造出由情节中目标和冲突自然演化而来的危机，你就创作出了第一个扎实的情节。一个接着一个，这些三段式的结构就这样建构出你的小说。

一旦你掌握了构架情节及其后续发展的方法,你就能够娴熟地进行故事写作。

——莱斯·埃德顿（Les Edgerton）

第十八章　后　续

后续，即**情节**的后半部分，有些时候存在感较为薄弱。但后续的重要性丝毫不输情节本身，后续给了人物处理情节中发生的变故、考虑下一步该怎么做的机会。后续属于"行动/反应"中"反应"的那一半，是人物自我反省、进行平和的对话、角色成长的时刻。

即使我们都能认识到这些东西的重要性，作者有时仍会在小说中砍去后续部分，错误地认为它们既然不包含直接冲突，便百无一用。无疑，你熟知每个情节（不，每一页！）都必须有冲突的存在这一常识，但这其实是一个误解。

后续可以长达数章，也可以是短短一两句总结性的话。（我们在第二十二章中谈到后续彼此间的不同之处时，会深入探讨这个话题。）目前，你只需记得，后续就和其他引人注目的情节一样重要，值得我们投以同样的注意。

后续的三个基本要素

就像情节一样，后续可以被分成三个部分，它们共同协作，创造了戏剧性的跌宕起伏。

第一个要素：反应

反应是后续的中心内容。这是洞察作为第一视角的人物内心的时刻，是他消化和接受他在方才的情节中经历的一切的时刻，也是作者让读者看到这些反应的时刻。假如对他的反应缺乏关注，这个人物就会变得像个缺乏感情的机器人，经历了故事中的冲突，却不曾以人类的感情对其做出反应。

让我们假设，你的人物是那位试图收买狱警、让他擅离职守的战俘，作为回报，狱警却把他丢进了单间牢房。作为情节的结尾，这是一场比较严重的危机，可以确信，人物将会以某种明确的方式回应发生的一切。不管他在被拖去牢房的时候，是尖叫、踢打个不停，还是佯装镇静，同时在心里为自己的愚蠢而狠揍自己，还是以牙还牙地威胁那个狱警——他的反应是很重要的，他的反应不但能推倒故事的下一块骨牌，还能揭示他性格的侧面。

缺乏经验的作者往往会跳过这一部分，并且意识不到自己的忽视。因为他们与自己的人物协调一致，便以为读者和他们一样，凭直觉就能理解人物的情感与反应。一般而言，上下文能帮助作者达成这一目标，但不要吝于让读者看到人物对一切做何感想。

人物的反应可以一个接着一个、贯穿整个情节，也可以出现在自然发生的独白或对话里。如何安排反应取决于小说本身的需要。重要的是，你必须记得，反应作为行动的强有力的反面，在每一个情节当中都是具有重要意义的。

第二个要素：困境

一旦你的人物对方才情节中的危机反应完毕，摆在他面前的就是一个困境了。有时候困境可以笼统如"我接下来要做什么"，但一般来说，困境要更具体些，例如：

- "我要如何挽回这场危机？"
- "我要如何阻止我最好的朋友发现真相？"
- "在他来追我的时候，我要怎么摆脱管旷课的学监？"
- "在我的儿子离开我以前，我该如何向他道歉？"

在战俘的例子中，他面对的困境可能是双重的：除"我怎么才能离开牢房，以及别在牢房里待到发疯"外，还有"一旦我离开这里,要怎么继续我的逃跑大计,既然我现在已经知道这狱警不吃贿赂这一套"。

先前情节结尾处的危机给人物带来了一轮崭新的问题。在后续中,他要对这些问题进行一番研究,以便恰当地处理它们。此时人物面临的困境是对下一情节的铺垫。

很多时候,读者能轻易地从上下文中读出困境。要是战俘被迫独自一人在牢里腐烂,他面对的问题是相当明显的。但作者也不要畏于直接点出困境,尤其是在初稿中为了你自己的方便这样做。要是困境对读者来说过于显而易见,你总可以在后面的修改中删去它。作者在写后续时,应该和在写情节时一样把握住重点,慎重落笔。

第三个要素:决定

困境将会直接引出后续的最后一部分——决定。要找到在下一情节中的目标,人物必须找到困境(不管是对是错)的解决方法。

这是你笔下故事的构思阶段。人物在战场上遭遇了惨烈的失败,便掉转方向,从头再来。他们仔细研究地图的每一寸,讨论此前战斗中犯下的战略错误,设想下一步该怎么做。和战场上的刀光剑影比起来,这一部分显得风平浪静,但因为它非常重要,又有很大可能会透露接下来要发生什么,这样的后续对读者来说和快马加鞭的情节同样具有吸引力。

我们身陷囚牢的战俘马上要被扔进密不透风的单间了，他将会在里面坐下，怀着愤怒思考对策。在这一后续的结尾，他必须决定下一步怎么走——不管是冲那个卑鄙的狱警脸上打一拳，去贿赂其他狱警，还是干脆放弃逃跑的妄想。不管他做出什么决定，这个决定都会在后续与下一个情节之间搭起桥梁，并树立起他的新目标。

是直接冲突还是紧张气氛？

后续可能包含某种形式的冲突，但后续中更可能仅出现紧张的气氛，这是一个重要的区别。如果每一页上都有直接冲突，故事的步调没有缓和的机会，读者将备感乏力，作者也会缺乏时间进行重要的人物刻画。即使是节奏最快的故事，也得在冲突之间的后续部分歇一歇脚——只要不耽搁得过久。

"直接冲突"和"紧张气氛"这两个词的用法时常是可以交换的，这并不是因为它们意义相同——它们并不是同一样东西，而是因为它们在小说里是功能相仿的同胞兄弟。

冲突指的是我们在情节中见到的双方的直接对峙，例如两个人争执不休，两支军队相搏。冲突甚至不用那么具有侵略性，可以仅仅是一个急需用钱的人弄丢了中奖的乐透彩票。

另外，紧张气氛指的是我们在后续中看到的发生冲突的潜在威胁。你的人物蹲坐在掩体后，等待下一轮炮兵轰炸的时候，紧张气氛就油然而生了。这一片段中并没有真正的冲突，因为人物平安无事。但此处的紧张气氛非常强烈，因为人物和读者都想知道接下来会发生什么。

把冲突和紧张气氛想象成活塞：它们团结协作，共同给小说带来二元对立的色彩。假如你的小说每一页上都有强劲的冲突，你会发现自己最后落到一个讽刺的境地——你写出了一个单调乏味的故事。

紧张气氛能让小说暂时远离激动与纷争，同时又不让读者失去兴趣。实际上，那些有着浓厚紧张气氛的情节通常更加扣人心弦，这恰恰是因为读者知道冲突马上就会到来，而他们却对此束手无策。

行进中的后续

让我们来看看作为一个整体的后续，《傲慢与偏见》的第四和第五章都是如何展开的。这些章节发生在麦里屯舞会之后没多久，在这场舞会上，达西拒绝了伊丽莎白，表示她不是他合意的舞伴。

- **反应**：所有涉及其中的人物都在讨论这件事。

- **困境**:伊丽莎白该如何回应达西傲慢的拒绝?
- **决定**:避开达西。

很多时候,后续缺乏确切的位置,也很难被划分成多个部分,因为后续的出现比情节更为频繁,并且时常被糅合在情节当中,或者以暗示的方式出现,而非直接在小说当中被点明。但一旦你了解了一个成功的后续要包含的内容,以及它在平衡和推动故事发展中发挥的作用,你就踏上了**情节**后半部分写作的成功之途。

要是你的人物不对发生在他们身上的一切——在语言上、思想上,或行动上——做出任何反应,这些事情就仍未对他们造成影响,而读者同样也将身处局外,不会为之触动。

——贝丝·希尔(Beth Hill)

第十九章　后续中反应的可能性

每一个后续的核心都是作为主视角的人物对先前情节中危机的反应。这是作者深入探索笔下人物的情感和心路历程、探寻人物本质的机会。情节描绘的是他的外在行为；后续关注的则是他的内心反应。后续有时仅在述说作为主视角的人物的内心，有些时候则通过行为和对话外在地表现出来。

虽然后续有三个基本部分，缺一不可，但就和情节一样，后续在实际写作上要更为灵活。这三个部分可能发生在一句话中，也有可能拖上数章。有时候部分后续是由字里行间透露出来的，有时候它们则好像与情节的某些部分浑然一体。

由于情节的目标、冲突、危机均属外在表现，只要你明了自己寻找的是什么，便能很容易地找到它们。而后续，作为事物的内在过程，有时候则会被那些显眼的事掩盖。尽管如此，后续的重要性却并不因其偶尔受到的忽视减少分毫。后续的细微与精妙只会让它的感染力有增无减。

不要担心你会让读者觉得无聊

对情节/后续结构缺少完整理解的作者有时候会担心他们写的后续缺乏足够的行动或冲突，无法让读者集中注意力，但这和事实相去甚远。读者爱看行动（不管具体表现如何），作者也无法写出人物毫无动作的故事。但要是人物没有反应，所有抓人眼球的行动都会缺乏上下文，也因而缺乏意义。

一个英勇作战的军人，从理智的角度出发，或许有些意思。但假如我们对他的情感境况一无所知，读者最终也会感到厌倦。我读过一本科幻小说，作者给出了一个极棒的假设，也写出了一些堪称完美的动作场景。但我读到 1/4 处时，就开始感到无聊。我放下了书本，不再回头看上一眼，我真的是这么做的。为什么？因为这本书里的所有内容就是行动、行动、行动，而从来不去揭示主要人物内心对这场枪战的想法。

有些小说强调行动，有些则强调人物的反应，这具体取决于你的小说属于哪一类型，以及故事本身有什么需要。但所有的小说，只要想让读者读得入迷，就都必须包含行动和反应。不要担心对人物反应的详尽描写会让读者感到无聊。你真正需要担心的是遗漏人物的反应会让读者无聊。好好利用这一机会，深入挖掘你的人物，寻找他们的行为模式、他们真正追寻的东西，以及描述行动在哪些方面改变了他们。

后续中反应的可能性

后续的三个部分有三种不同的表现形式：反应是感情上的，困境是理智上的，而决定则会导向实际行动（作为下一个情节的目标）。只要前一情节中发生了危机，人物便会立刻、下意识地经历一场情感反应。

反应的可能性就和人类的感情世界本身一样浩瀚无垠，包括了以下所有情感，以及数不尽的其他情感：

- 兴高采烈
- 狂怒
- 愤懑
- 困惑
- 绝望
- 恐惧
- 羞耻
- 懊悔

- 震惊

一旦你想明白了，什么样的情感反应既符合前一个危机的环境，又符合人物已有的个性，就得开始思考你应该如何向读者表达这样的感情。

你有四个选择：

- **描述**。你可以直接告诉读者人物的感受。这并不总是最佳方案，因为让读者看见发生的一切是更加具有感染力的表现手法。但有些时候，简单概括人物的所感可以让你小说更快地转回行动部分。
- **内心直叙或独白**。大多数的人物反应都多少——至少在一定程度上——使用了这种手法，因为此时最重要的部分便是人物的内心图景。
- **肢体表现**。通过人物的外在行为，你可以轻易地向读者展现他内心的反应。比如，你可以通过他咬手指甲或者无法自制的战栗，来表现你笔下人物恐惧的心情。假如用得足够有感染力、能够传达出人物内心的一切反应，肢体表现的手法有时是可以独立使用的。但一般来说，这类表现手法与内心直叙的方式结合使用时是最为见效的。
- **笔调**。你还可以对故事的笔调加以利用，用对其他内容的描写（比如背景、天气、其他人物的动作等）来传达人物内心的情感。你选用的词句能影响读者对事件的感受，并帮助他们对你笔下人物的内心反应做出正确的猜测。

有关后续反应的疑问

再检查一遍你笔下的后续中人物的反应，问一问自己以下问题：

- 人物的反应是否与先前发生的危机具有相关性？
- 联系先前发生的危机，人物的反应在上下文中是否合理？
- 人物的反应按照他的性格而言是否合理？
- 你是否花了足够的篇幅描绘他的反应（不管具体是一个句子还是数章）？
- 你是否以足够有力的方式描绘了人物的反应，比如通过直叙、描述、行为或对白？
- 你是否把眼下的情况写得足够清楚，并避免了炒冷饭，即写进读者已经事先熟知的内容？

行进中的后续反应

由于后续在故事中一般较难被单独摘录，让我们先借这些经典小说和电影来搞清楚，后续中的反应看上去是什么样的。

- **《傲慢与偏见》**：在第二章中，班内特先生拜访尼日斐庄园之后，班内特太太和她的女儿们的反应是兴奋和好奇。奥斯汀用无所不知的第三视角来讲述整个故事，从不直叙人物的内心，因此她笔下人物反应的表现方式主要是对话。从中读者能很好地了解人物们对于追求宾利先生这位金龟婿的最新发展有什么所思所感。

- **《生活多美好》**：在克拉伦斯跳进河里，阻止乔治自杀以后，两人在一个收费亭里擦干身上的水。作为视觉上的艺术形式，电影一般通过肢体表演来表现人物的反应。克拉伦斯对成功的喜悦和乔治的心灰意冷既由他们的肢体语言明显地表达出来（克拉伦斯站着，忙于整理他湿漉漉的衣物，而乔治没精打采地站在火炉边，给他流血的嘴唇敷药），又由他们随后的对话所呈现，在此期间，克拉伦斯揭露了他天使的身份，以及他前来营救乔治的任务。

- **《安德的游戏》**：安德在杀死斯提尔顿后的感情反应是躲在宿舍里流泪。他的眼泪极富感染力地让读者明白此刻他脑中的想法，卡德只需写上一句内心直叙，便能为他最初的反应画上句号。整个下一章中，安德的哥哥彼得因为他失去了监控器而嘲笑他，他的姐姐瓦伦蒂则竭力让他们平静下来，同时作者用了一系列不同花样来延长这段反应时间，包括让彼得卷进一场争执，让安德对第一章中所有的重要事件做出完整的反应。

- **《怒海争锋：极地远征》：** 在从"地狱号"的袭击下逃脱后，电影转入了一系列后续镜头，从奥布雷船长走下甲板，和斯蒂芬·马图林医生讨论"屠夫的账单"开始。电影极富技巧地留了镜头给他对伤亡船员的反应，以及整个袭击和战事的技术细节——这些大部分通过对话来表现。

后续的反应阶段是所有故事当中最值得花力气去写的部分，不要在这一部分吝惜笔墨。在表面之下深入挖掘，看看发生的一切是如何对你的人物产生影响的，以及最重要的一点，他们的反应折射出他们性格中的何种成分。

当你的人物面对两种棘手的选择时,观众就被牢牢钉在了座位上。你的人物面前的困境越令人畏惧,他或她的最终决定也就越能感染读者。

——劳莉·哈泽勒(Laurie Hutzler)

第二十章　后续中困境的可能性

后续中的第一部分——反应——在情感上打动读者，而阅读第二部分则完全是智力上的体验。一旦人物对先前情节中的危机产生的瞬时情绪消散了，他就必须着手做最重要的一件事——思考下一步该做什么。先前的危机令他被卷入了棘手的情况，这是一个灾难性的宣言。而在困境中，作为回应，他则发出疑问："现在我该怎么办？"

可以说，情节/后续结构中，在构造现实感和驱散不可信感方面，没有比困境更加重要的部分了。当你让读者看见主人公的理性反应、思维方式、在考虑的一系列解决方案（并否决绝大多数）的时候，你实际上是在让读者了解，主人公是一个会思考的人，以及——更重要的是——让他们明白剧情是建立在一套完整的逻辑上的，故事中的事件并非是作者随意选择的。

这是作者让读者和人物一起脊背冒汗的时刻。读者此时已经明白了人物要面对的是怎样的一团糟，在细数人物的可能对策时，读者便会发现人物面前没有一条路是容易走的。假如处理巧妙，写得好的困境可以加强故事的紧张气氛，使人物更讨喜，以及——最重要的是——让读者飞快地翻过书页。

困境的三个阶段

困境分为三个（又是这个神奇的数字！）不同的阶段：

回　顾

主人公会回首他经历过的危机，反思那些他行差踏错的地方是如何放任这样的危机发生的。这一阶段一般和先前的反应部分有着紧密的联系。它的长度在很大程度上取决于它离危机有多远，以及作者对故事节奏急缓的把握。有时对危机的冗长总结有重复啰唆的嫌疑。假如读者已经经历过危机，他们此时便还不太需要进行一次巨细靡遗的回顾。但是，要是后续和前一个情节相隔一章甚至几章（在一个或多个其他视角在中间出现的情况下），简要地总结、回顾，对帮助读者重拾记忆、为人物的反应做铺垫，都是很有用的。

分　析

　　既然你的人物已经克服了他一开始的感情反应，此时他便需要深吸一口气，戴上智慧帽，开始考虑他面临的难题的细节。困境总会带来一个问题，其主旨通常是："我究竟该如何从这堆麻烦当中脱身？"

　　不要满足于一个泛泛的概念。找出你笔下人物面对的难题或问题，把它写得明显到读者被问到这个问题时可以脱口而出。你的困境问题应该具体到"我怎么从这个蛇洞里钻出去""我怎么才能让乔伊原谅我对他撒谎"，或者，"我从哪儿找来买食品跟杂货的钱？"

计　划

　　如果你的人物已经把问题好好分析了一通，他就来到了计划阶段——计划将恰当地转入后续的下一部分：决定。

后续中困境的可能性

　　困境部分通常十分直白。这一部分的不同表现方式只有极为有限的几种，尽管困境本身有数不清的表现方式。你笔下的困境将以这两种方式之一出现：

- **含蓄**。有时读者对困境的理解已经足够，作者便不需要将困境明白地呈现出来。相反，为了保持故事的快节奏，作者应从人物的反应直接跳到决定部分。
- **直接**。多数情况下，作者都希望能慢慢将困境捋清，这可能要花上一两个句子，或者，作者也可能会用上更长的篇幅，选择以下两种方式中的一种来演绎：
  - **总结**。一通有力的内心直叙往往是让人物对他面前的选择进行权衡，并让读者目睹这一切的机会。
  - **表演**。有些困境的解决需要一番更细致的考察。你的人物可能需要花费更长的一段时间在这一困境中来回探索，他不是开始和其他人物交谈，就是开始试验不同的解决方案。

有关后续中困境的问题

在撰写困境部分的时候，作者不要忘了问自己以下这些问题：

- 困境是否受前一情节结尾的危机影响？
- 你能用具体语言（而非笼统的"我现在怎么办"）对困境进行一番说明吗？

- 不管你是在运用直接事例向读者说明困境，还是让他们从上下文中对困境有所理解，它对读者来说是否足够清楚？
- 你在困境上花费的时间是否能与它在剧情中的重要性相称？
- 假如你选择加上对先前情节的回顾部分，那么这一部分是否避免了无谓的重复？

行进中的后续困境

像往常一样，让我们来看看优秀的小说和电影是如何表现后续困境的。

- **《傲慢与偏见》**：在第二章，班内特家的女人们对班内特先生邀请了宾利先生这一新闻反应完毕后，后续转向了一个（挺令人愉快的）困境，即他们该如何对这一境况加以利用。尤其是，他们需要弄清楚，"他们要过多久才能请宾利来吃晚饭？"这一困境很短暂，仅在章节的结尾占了一句话的篇幅。
- **《生活多美好》**：在克拉伦斯告诉了乔治他的任务，乔治却对他不予理睬时，克拉伦斯的困境是："我如何才能说服乔治，人生是值得过的？"他试图向乔治解释自杀的坏处，却徒劳无功。在乔治回答说希望自己从未出生后，克拉伦斯有了新的想法，并把自己的想法告诉了约瑟夫。

- **《安德的游戏》**：自从同恶霸斯提尔顿发生了那场夺人性命的冲突后，在后面的章节里，安德的困境非常明了。但在第四章的开头，他第二天早晨醒来时，他的困境有了一个明确的主题："他如何才能不去学校，不去面对他和斯提尔顿那场冲突的间接后果呢？"这一章的开场白就点明了这一困境，在后续几页对话中，又为安德和他家人的互动所证实。
- **《怒海争锋：极地远征》**：在与法国私掠船"地狱号"的偶遇、船只恢复元气之后，奥布雷船长将他的军官们集中到他的舱房，讨论他们该采取什么措施。困境由对战争的概述开始，人们对"地狱号"的优势，以及它偷袭"惊奇号"时采用的战略进行了一番讨论。在这样的环境中，困境浮出了水面："我们要如何重振士气，我们现在又该怎么办？"

对困境强有力的描写能让读者领会到你的人物是真实的、有思想的人类。同样重要的是，它会在上个情节的危机和下个情节的目标之间搭建起桥梁。

下决定是你的人物能做的最重要的举动。读者翻页是为了看接下来发生了什么,而一切决定总是关乎"接下来"。

——詹尼斯·哈迪(Janice Hardy)

第二十一章　后续中决定的各种可能性

决定或许是构建情节/后续的所有砖瓦中最自然的一块。作为后续的第三部分，同时也是最后一部分，决定从人物面对的困境当中诞生，同时又引出下一情节中的目标。决定是催促故事前进的马刺。如果缺少这一要素，你的人物可能会坐在那里，花上下半辈子考虑他遇到的困境。好的小说需要前进的动力，而摆脱困境的唯一方式是做出决定——正确也好，错误也好。

一如既往，写出优秀决定的秘诀在于它应是先前困境的直接后果。一个随意的、不相干的决定或许可以让剧情顺利推进，但前进的方向并不能让你的读者满意。假如你的人物正对晚饭做些什么举棋不定，他最终的决定就必须是在菲力牛排和里昂式炒土豆中挑一样——而非跑去医院献血。

长期目标，短期决定

你的人物面对的困境往往不是一个简单的决定就能一次性解决的。实际上，作者应该刻意避免让过于简单的困境或决定接二连三地出现在小说中。假如人物面对的问题一个比一个容易搞定，你的小说便会给读者过分松散、过分片段化之感，而读者则会开始怀疑面前的冲突是否真的难以解决。

这时候，"长期目标，短期决定"这类因素就发挥作用了。假如你的角色面对的难题是如何和美丽的邻居女孩走进婚姻殿堂，那么在达成自己的最终目标前，他还有许多小困难要面对。一旦明确了后续中的决定是什么，作者就得找出人物要做的第一件事。或许就在这第一个后续中，他已经打定了要娶邻居女孩的心思，但他还必须在更简单和更实际的行动上做一番抉择。比如，他衡量的最终结果可能是去向邻居女孩道歉，因为此前他朝她的狗大喊大叫了。

决定：是易如反掌，还是甘冒风险？

你的人物的决定也引导着剧情发展的走向。假如他的一切决定都平淡无奇，易如反掌，这个故事就失去了活力。的确，作者不应让人物选择做出异想天开、荒诞不经的举动。但作者应该让冲突延续得更长，以便令读者保持好奇心。

我们害着单相思的男主人公要想和邻居女孩步入婚姻殿堂，此刻最合情理的举止是邀请她去约会。这本身没什么问题，仅此便能引出各种有趣的情节。但假如让他做一个不同的决定，我们或许能发掘出未曾料想的可能性来。

或许他决定在窗外给她献上一支小夜曲；或许他决定忘怀有关她的一切；或许，正如阿纳贝尔·西姆斯在唐·哈特曼（Don Hartman）的经典电影《女大当嫁》(Every Girl Should Be Married) 中一样，为了不动声色地成为她日常生活的一部分，他把这个女孩生活的各方面都研究了一番。

是否该将决定宣之于众？

无论如何，作者都应该将人物的内心决定诉诸纸上。但你或许不想把决定用太过直白的方式写进故事。通常情况下，下一情节的目标或困境会明确地展示出人物所做的决定。有时，甚至到了行动的前几秒钟，人物仍未下定决心，在这种情况下，目标便与决定融为一体。

以下是一些建议：

- 假如有任何造成重复冗余的可能性，或者这么做是出于对读者的俯就，作者就不应将决定的内容直接写入小说。倘若读者能通过上下文对决定有明确的了解,你很可能并不需要给出直白的解释。

- 假如决定和目标有着同等的重要性,作者就应该点明决定是什么(比如,要是决定本身对人物来说是重要的转折点)。
- 假如你需要在后续和下一情节中建立强有力的联系,那么也应该点明决定(比如,要是决定和目标被几个半途插入的人物独白分隔开,或者人物的决定给这一章带来了一个极富感染力的结尾)。

后续中决定的多种可能

你不太可能找到比后续中的决定更加简单的写作内容了。基本上,作者的选择归根结底只有两种:

- 行动
- 不行动

这两个都是合理选择,但通常情况下,作者应该让自己笔下的人物做出令他们不得不采取行动的决定。人物应该成为事件的创造者,而不是席地而坐,等待事件从天而降。尽管如此,有些时候，让一个人物决定要按兵不动，对剧情发展有着同等的重要性，能够像最为激动人心的情节一样揭示他内心发生的斗争。

自然，你的人物具体做了什么决定取决于他面前的困境性质。他的决定可能五花八门，从"我今天要穿蓝色袜子"，到"我要救出这栋着火大楼里的每个人，不惜牺牲性命"。不管具体情况是哪一种，情形都会转变成符合我们在第十五章讨论过的五种类型之一的目标。

关于后续决定作者应该提出的疑问

在完成后续的最后一笔、宣告收尾以前，花上一点儿时间，再借以下问题自省一番：

- 你的决定是困境自然发展的结果吗？
- 你的决定能否引出更高的目标？
- 假如你的困境是个长期问题，在解决问题时，你有没有把决定的范围缩小到第一个符合逻辑的举措？
- 这一决定是不是过分轻易地解决了面前的困境，或者，这一决定会不会引出一团新的乱麻？——或许是因为人物做了错误的选择，或许是因为先前的困境引发了新的困境。
- 假如你的人物决定按兵不动，你需要问自己，这对剧情来说是关键的、符合逻辑的一步吗？它能否推动冲突向前发展？

- 你的人物所做的决定有没有重要到需要直接在后续中点明？
- 假如你已经点明了人物的决定，那么它是否是困境或下一目标的重复？

在后续中根据决定采取行动

后续中这一最后的组成部分，在实际中看上去是什么样的？让我们最后来看一眼我们的小说和电影。

- **《傲慢与偏见》**：在第二章的结尾，班内特家的女人们面临的困境在于如何见到宾利先生。当然，这只是故事中更大的难题——如何让女儿们中的一个嫁给宾利先生——的第一步。小说没有直截了当地揭露这一决定，但在字里行间的暗示下（班内特太太要在时机合适的时候邀请宾利先生来吃晚饭），从困境里，从下一章开头她实际发出的邀请中，你都能读出来。
- **《生活多美好》**：克拉伦斯的困境在于如何说服乔治他不应用自杀所得的生命险来偿付住房贷款公司户头的亏空。乔治对"自己要是从未出生，在意自己的人会过得更好"这一念头心灰意冷的诉说令克拉伦斯做了他的决定:他要让约瑟夫实现乔治的愿望。这一决定转变成了下一幕中的目标:向乔治证明,他深信自己一文不值的念头完完全全是错误的。

- **《安德的游戏》:** 在格拉夫与他的手下出现在家门前,给了安德一个去上战争学校的选择的那一刻,安德的困境从如何逃避去学校,变成了更加严肃的一件事。尽管和格拉夫一起走的决定解决了安德在这一后续中的困境,它同时也为剧情带来了新的逆转,而这一整章几乎都要花在解释和考虑这一转折上。
- **《怒海争锋:极地远征》:** 在与军官们对这场战斗讨论了一番之后,奥布雷船长打消了他们的期待,做出一个出乎众人意料的决定——留在太平洋海域,整修船只,然后再追逐"地狱号"。公然宣布这一决定是十分重要的,因为杰克此时自愿担负责任、违抗命令做出这一决定,其重要性比起目标本身有过之无不及。这一决定对剧情发展和乔治的人物塑造都起到了推动作用。

现在你已经学会了如何完整构建小说中的一个**情节**,从情节(目标、冲突、危机)到后续(反应、困境、决定)。把扎实的**情节**——首尾相接,你就能写出一个从头到尾都具有可信度的故事。

写作确实是一种创造性的艺术——用单词填满一张白纸,最后得到一个包含人物和剧情的丰富故事。

——威廉·夏特纳(William Shatner)

第二十二章　情节结构的不同类型

作者对故事**情节**这个概念本身抱有的常见的抱怨，就是结构会让他们写作时束手束脚。但拥有结构的好处在于，它在为故事提供坚实框架的同时，仍能把多种可能性摆在你面前。**情节**如此，引领整个故事的三幕结构亦是如此。

我们已经找到了对**情节**的两部分——分别是情节与后续——的探索的结论，现在让我们花上一点儿时间，来看看不符合这一公式的那些例子。你的脑中很可能已经浮现了一些来自你自己的小说、畅销书和电影的出色**情节**，它们好像并不能套进书中提出的这一结构。这是怎么一回事？这是又一个"出了名你干什么都行"的例子，还是说这一公式本来就存在显而易见的反例？

无疑，世界上存在一些前者这样的情况。但实际上，只要对**情节**结构稍做调整，它就几乎能套进故事中你能构想的任一种情形。和写作的几乎所有方面一样，打破规则最重要的诀窍首先是了解规则，其次则是了解你为什么要打破它们。

情节的不同表现方式

情节目标的不同表现方法

目标属于除故事的讲述者外的其他人物

多数情况下，我们希望看见作为某一情节中故事讲述者的角色处于最惊心动魄的险境。但有些时候，他可能仅仅是一个观察者。在这个情节当中，他必然拥有一个目标，但他的目标不一定总能推进冲突和危机。

例如，他可能不过是想做个花生果酱三明治，而他的姐姐则在想方设法吸引客厅里那个正在修电视的帅哥。你的男主人公可能只是爱的追逐战边上的观众。然而，他对这一切的目睹与可能的出手相助，必然反过来对他自己的人生产生影响，这种联系要么当下就能见到，要么最终才现形。如果你能把叙述者、其他人物的目标和他们之间发生的冲突结合在一起，那就更好了（比如，他姐姐和电工之间的调情妨碍了他吃午饭）。

目标出现于情节开始后

尽管你笔下的人物一般会在前一个后续的最后部分决定他的

目标是什么,情况却并不总是如此。有时他来到一个情节当中,对自己想要的是什么仍一无所知。作者永远不该让一个人物漫无目标地游荡太长时间,但假如你需要引入某些事件,从而搭建起人物的目标,那么请大胆地放手,花上一点儿时间,让情节自己发展出它的目标。

在诸如这般的情形中,人物在对发生的一切做出反应并决定下一步要做什么之前,就不得不采取行动。如此一来,读者就知道是人物处于当下情形的掌控之中,而不是相反。另外,假如他的反应被压缩进了危机当中,而他在危机结束前就准备好朝下一个目标奋力进发,那么你就是在告诉读者,是人物在掌控当下的情形,而不是这一切在掌控他。

一般而言,前一种情况更可能在小说的前半部分发生(中点以前的反应阶段),而后者多见于后半部分(中点以后的行动阶段),这时候人物已经变得更加强大了。

透露目标

在情节的开头就说明人物的目标为何,可以让读者对接下来的发展做好心理准备,并让他们注意到这一场景有什么含义。不过,作者不应对微妙的暗示抱有过高期待。有时候你笔下人物的目标让人一目了然——联系上下文来看是如此(例如,他闯进一家银行,头戴兜帽,手持枪械),有时从上一个后续的结尾中人物所做的决定亦能窥得一斑。如果你觉得人物在这一情节中的目标显而易见，或许你就用不着直截了当地将其点明。

情节中冲突的不同表现方法

情节始于冲突，而不是目标

单刀直入地宣告一个情节的开始，是把读者引向行动的绝佳方式。与其在故事背景上拖拖拉拉，作者往往会因削减掉这些内容、直接开始你追我赶的段落而得益。以上方法可能会随着上面讨论的目标本身的改变而发生变化。另外，你也可以在对目标的直接陈述仍属必要的情况下使用这样的技巧。在冲突发生到一半的时候拉开序幕，随后写一两个句子缓冲，让读者明了人物正在追逐的是什么目标。但是这样的手法你必须谨慎地使用，因为读者需要尽快被引至情节当中；作者不应该让读者在阅读时举步维艰，费上大把工夫去理解究竟发生了什么。

对冲突轻描淡写

要让冲突发生不一定要让枪支开火，甚至无须点燃人物的脾气。有时候，对冲突轻描淡写才是上策。欧内斯特·海明威的经典短篇小说《白象似的群山》（"Hills Like White Elephants"）就是一个恰到好处的例子，人物的闲谈将深层冲突掩于水面之下。

情节中危机的不同表现方法
情节先于冲突结束

有时候你必须让危机发生在镜头之外，或仅仅暗示有冲突在发生。这可能是因为你不愿巨细靡遗地描述这场危机（电影中为剪除观众缺乏兴趣的细节而常用的经典"剪切-淡出"法），又或者是因为这场危机在不同的时间和地点发生，和当下的场景距离遥远。这种做法是行得通的，毫无问题，只要你在结尾部分让读者感到危机的威胁就成。读者可以自行填补留白，他们的期待不会比阅读你从头到尾写出危机的版本少上一分。

整个情节的不同表现方法
对整个情节的描绘可以是跳跃性的、暗示性的，或是总结性的

掌控写作速度最简单的方法之一，就是控制情节和后续的长度。把重点放在情节上会让小说的速度加快，把重点放在后续上则能让一切变慢。尽管情节和后续都是**情节**的必需成分，我们有时也可以在其中一处用点儿障眼法。在对一个情节的表现上，作者可能会有如下体会：将某些事情一笔带过能够令故事更加精彩。这一情节可以完全发生在镜头以外，也可以仅在后续的开头部分被简要地提及。这是一个重要的技巧，但作者对它的运用必须慎之又慎。毕竟，是情节构成了故事。假如减去太多的情节，故事的发展就会步履维艰。

情节被新的情节打断

有些时候，对崭新信息或崭新事物的引入会让当下的目标或情节不得不在完成之前被打断，这些新内容自身亦会创造出新的情节与活力。你的人物或许正心怀某一特定目标迈向新的小说情节，却因为某种新生的原因又陡然更换了目标。或许他本想带给他的妻子一束玫瑰作为道歉礼物。但在卖花的摊位毁于外星人的激光扫射时，摆在他面前的头等大事马上变了。在这种情况下，只要一有可能，你就要转回原先的目标来完成收尾工作，尽管这有可能直到小说结尾才能实现。

情节并非真正的情节

在这个节骨眼上，一本小说里发生的所有事看似都必然可以被严格、快捷地收录进某一特定的情节/后续框架当中。但如果发生（且必须要发生）的事并不创造冲突，也不以危机告终呢？如果发生的一切（无论发生了什么），其直接的肇因并非主要人物的目标中的任何一个呢？

像往常一样，规则总有例外。这些例外当中最显著的两个就是事件与事故。

事　件

事件可以被视为够不上情节的情节，它始于人物试图接

近他的目标。但他并未遇见障碍,途中也没有冲突发生。(德怀特·V. 斯温,《畅销书写作技巧》)

尽管大多数时候作者都应该让主人公保持如坐针毡的状态,但在每一个路口都给他使绊子并不实际。作者不能让人物的每一个目标都招致危机。有些时候,你得让人物得偿所愿。

让我们这样说,假如你的人物是个侦探,他需要挖出嫌疑人的底细。于是他去市中心找他从前的导师,一位已经退休的警察。二人坐下来喝杯咖啡,叼着牙签,为了发掘出需要的信息,年轻的警察伺机而行,问他的导师都知道些什么。

你可以将以上内容写成一个极为充实的情节。或许老警察不想透露口风,或许他害怕了,或许他收了贿赂,又或许他为某些其他原因对年轻的警察大加斥责。现在这一情节中有了冲突。如果情节以这样的方式结束——老警察拒绝透露有用的信息,威吓了一番年轻的警察,或者被正在监视他们的暴徒枪击——那么危机便自然出现了,而这个情节也极为充实。

这是个不错的情节,作者可以考虑这么写。但或许你对这两个人物有其他安排;或许这次会面在设想中仅是一次匆忙的邂逅,你不想在这上面超出必要地花费时间。所以,你让老警察把年轻警察需要知道的一切悉数告诉他,接着年轻警察继续他的行动,在下一情节中再撞上冲突和危机。

契 机

> 事件的契机让人物的命运有了交叉。但契机本身并没有戏剧性，因为它不包括任何目标和冲突。（德怀特·V.斯温，《畅销书写作技巧》）

并不是小说中发生的所有事都包含冲突。有些时候，人和人之间一场随意的会面足够让作者引入人物、信息，或者让某人的注意力（这个某人既可能是主人公，也可能是读者）转向当下正在发生的更重要的事。你不能把每一次寒暄都写成完整的情节，让字数和戏剧冲突都远远超出故事所需。

那位年轻的警察可能正在前往和老警察谈话的路上，突然间，他在电梯里遇到了一位美艳夺目的金发女郎。这是一次重要的邂逅，因为就在几章以后，这个金发女郎既会成为他的追逐对象，又会成为这场调查的关键证人。但目前为止，你只需要埋下这样的暗示，即她将会成为一个重要角色。她的贵宾犬从她怀里跳了下来，他抱起狗还给她，她眨眨眼睛，他们说上几句话。然后电梯停下，她扬长而去。契机到此为止。

同样，你可以把这样的契机变成充实的情节，只要做出以下修改：

目标：年轻的警察想给漂亮的金发女郎留下美好印象。

冲突：小恶狗咬了年轻的警察一口，漂亮的金发女郎为此谴责他。

危机：年轻的警察试图道歉。漂亮的金发女郎掴了他一耳光，然后离开电梯扬长而去，那只恶犬被她牢牢塞在胳膊底下。

以上所有选项都值得考虑，它们可能会将你的故事引向富有趣味的方向。但你必须想好这样的方向是否就是你想要探索的。假如不是，那么或许一个让所有角色碰面，并让主人公去追逐情节中真正的关键内容的契机，对故事的发展而言才是更加合适的选择。

一眼看上去，事件和契机都跟情节不乏相似之处，但它们的简短和其中冲突的缺乏却揭示了它们的本质。不要仅仅因为它们无法满足情节的结构，就对它们望而却步。但同时，作者必须对它们的本质有所认识，并小心地加以运用。

后续的多种可能性

后续有着数不清的，甚至比情节还要多的可能性。在很大程度上，正是可能性的多样使得后续很难量化。不像情节，后续有时候极为精巧，甚至隐没在故事的舞台当中。但每一个情节都必然会有一个后续，哪怕人们有时候无法一眼就辨识出它是什么。

为了帮助你发掘后续的可能性，让我们来看看一些常见的后续发展。

后续中的反应的不同可能

正在进行的反应

你或许会感到你应该让笔下的人物随剧情发展逐步做出反应，而非在单一情节之后将内心所感一股脑儿托出。某种意义上，人物必然一直都在对情节做出反应。假如有个人物把牛奶泼到了别人脸上，让被泼的人在反应以前先等上一会儿是说不通的。假如什么事都没有发生，至少他内心的独白能让读者知道他对这个非他所愿的牛奶澡做何感想。等到真正的后续部分来临，作者可能已经让读者对人物的第一反应有了了解。作者可以对这种反应加以深入描绘，又或者可能感到对此已有了充分的交代，是时候朝下一个困境跃进了。

反应被延后

假如面对困境的人物必须在瞬间做出左右命运的决定，作者大概没有闲暇马上就对他的内心反应进行深入挖掘。想象你笔下的人物正面临性命之虞：故事中的坏蛋把他扫下了悬崖，他正靠着十个指甲的力量挂在纤细易折的树根上。假如作者放任他命悬一线，然后花上足足两页纸大书特书他内心的恐惧、绝望，以及对没良心的坏人的愤懑之情，这本小说会被迫猛然刹车，更不用提这点儿时间足够那树根折断了。要让一切都具有现实感，主人公就必须在几秒钟内对困境做出即时反应，并决定好他该采取怎样的行动。这无须多言，但在之后的篇幅当中，等一切风平浪静时，作者还得设法回溯这一时刻，然后将人物在那时的心理活动记录下来。

反应包括了闪回

闪回具有反思性，这使得这一部分属于后续而非情节。依长度而定，闪回本身可能符合情节的固有结构（目标、冲突、危机），但由于它回溯的是之前发生的某件事，因此闪回最适合出现的位置是后续中人物内心反应的反省部分。

后续中困境及决定的不同可能性

最终无果的决定

有些时候，后续会将"半情节"包括在内，在"半情节"当中，人物做出决定，并针对目标付诸行动，却没能迎来结果。假如半情节描写充实，其结局可能会以情节中的困境的形式出现。但假如作者将它写得简短一些，半情节可以让困境和决定增加篇幅。做了无果决定的人物将重整旗鼓，树立新的目标，小说便也会随之推进至下一情节。

综观后续的不同可能性

后续可以发生在短短几秒之内

假如人物的初始目标被不幸挫败,他可能需要些时间来做出反应、审视目前的困境、做出新的决定,并付诸实践。假如整个后续都在极短的时间内发生,作者就无须对构成它的所有因素一一做出详述。只要确保人物的反应、所处困境和决定都已交代清楚,不管是以直截了当的方式,还是由上下文透露出,作者便可推进至接下来的篇幅了。

后续可能只有半句话,也可能占上几页

后续的不同长度能够影响你小说的节奏。较长的后续会使节奏放慢,并增添小说的真实性。如有必要,后续可能会占上几页纸。较短的后续能推动情节的发展,让故事推进的速度加快。假如你需要让事件的发展顺序符合逻辑,又或者你只是想让故事走得快一些,那你可能应该把后续精简进两句话里。

后续的各部分可能不成比例

尽管前面的章节对后续三个部分的重要性做了同等的强调,人物的反应、困境和决定却并非总占据同样的分量。有时候作者想在反应上花更多的笔墨,有时候则着力描写困境。有的困境和决定在上下文间表露得非常明显,作者甚至无须直接提及它们。重要的是,哪怕你无暇在文本当中进行详述,这三个部分也都必

须在逻辑上显而易见。

后续的三个部分缺乏固定顺序

你大概不愿经常做这件事，但假如有必要，你可以把后续的顺序打乱。有些时候逻辑上通顺的顺序是将反应延后到人物直面他的困境之后。譬如说，假如有头大象踩在了他的脚上，他大概就来不及在做出决定以前把他的内心所感诉诸语言。作者仍然需要把所有元素写进同一部分当中，改变的只有顺序而已。

后续被新情节打断

在一场惨烈的战斗之后，你笔下的人物打道回府。他可能正深陷对不幸做出反应的阶段（例如在哀悼他逝去的战友），正准备面对困境（例如设法找出是哪个肮脏的变节者把作战计划泄露给了敌方）。正在这时，哈！故事里的坏人对他的藏身之处发动了突袭。这下，你的人物有了新目标、新的首要事务要操心。之所以这样写，或许是为了推迟变节者带来的困境，又或是为了加快小说和险情的节奏，又或者你只是想让读者的阅读体验不那么风平浪静。

一旦作者切实地掌握了情节和后续中的所有内容，就能随心所欲地拆解和拼凑它们，直到感觉合意为止。打乱它们的顺序，相互拼接，插进片段，让它顺滑流畅，或者增加篇幅。你的小说需要什么，就怎么做。唯一的硬性要求是，你必须对你笔下人物的目标、冲突、在每个情节当中遭遇的不幸、反应、面前的困境、在每一后续当中做出的决定都胸有成竹,并将它们清晰无误地传达给读者,不管是以直截了当的方式,还是通过暗示。

要写出好剧情是一桩难事,难比登天。

——大卫·马迈特(David Mamet)

第二十三章　关于情节结构的常见问题

只要对情节结构有所理解，你讲述故事的整体手法就会变得清爽而更富有技巧。乍看上去，作者需要花上不少时间才能完全掌握其要义，因此许许多多的问题会随之产生。在结束我们对情节结构的讨论之前，让我们先来看看这些问题。

问：和由剧情主导的情节相比，读者会不会对由人物主导的情节感到乏味？

答："剧情型"情节一般在于情节，而"人物型"情节一般在于后续。情节推动人物的行动，而后续能给人物以及读者余暇以掌握发生过的事情，并做出反应。当然，上述只是很粗略的概要，但事实的确是这样的，一篇小说离了两者中的哪个都无法成功。假如描写得当，剧情和人物是无法彼此相剥离的。也就是说，情节由什么来主导这件事本身并不会让小说变得无聊。

问：您认为"与其讲述情节，不如展现情节"这个主意如何？

答：可以说，最重要的写作守则就是老调重弹的"别讲述，要展现"。听上去很容易，是吧？然而许多毫无经验的（有些是缺乏经验的）写作者仍会在这一基本准则的践行上遭遇困难。毕竟，所有形式的写作不都是在讲述吗？我们写下的每个词都是为了告诉读者他们应该如何去想象，不是吗？

最简单的答案是的确如此。比较不那么简单的答案则是：是，也不是。我个人一直认为那句有关讲述与展现的格言是句无力的话，因为对作者来说，讲述和展现都能被归结成同一任务：把故事解释给读者。

那么，它们的区别在哪儿？

讲述是一个总结的过程。讲述是把事实本身交给读者，不加或只加入少量阐释。

展现是一个详尽阐述的过程。展现能让读者知悉一个情节的细节，包括人物的所见、所闻、所触、所尝、所嗅、所思和所感。展现必须包括对话、描绘、内心叙述，以及会令读者积极参与情节当中的那些本能反应。

或许实际例子能最好地让人领会到展现和讲述的不同之处。以下是一些修改过的片段，来自我的奇幻小说《梦乡人》。

讲述：欧里亚斯从士兵身边跑离。他的马跃过了一根掉落的枝杈。有人朝他吼叫，让他停下。士兵们朝他开枪，他很生气。

展现：树枝在欧里亚斯的脸上抽打，树叶擦拭着他的马鞍。他踢了一脚马肚子，手指发痒，想去够他背上的弯柄大砍刀。他的血在血管里轰鸣，把他牡蛎白的皮肤染成墨水般的蓝色。（他在自己的脑海当中看见了察拉兹搏斗时的核心，燃烧的力量从中辐射而出，他做好了滑进那风平浪静的中心的准备，在那儿，他将正面接触那让察拉兹成为世界上最令人胆寒的战士的燃烧的怒火。）

在碰见火焰边缘的那一刻，他眯起双眼以便将细节收进眼底，他的长耳朵搜寻着比他们种族听力的正常范畴还要精微的小声音。他肩上和胸前的肌肉在皮革坎肩底下隆起。他的反应变得更加灵敏，而他的脑子则被他磨砺得和刀锋一样快。

他筋疲力尽的马步伐蹒跚，身后蹄子的节奏愈趋愈近。有声音在喊："停下！以玛塔尔德之名，快投降！"

即便是那男人的名字——在整整二十年当中，他都死去了——都像诅咒般穿过空气。他吐出一句咒骂，低头躲过又一根树枝。

马蹄声渐小，慢慢消失了，被来复枪急促的咔嚓声和枪栓销闭锁的声音盖过。

他的血在血管中凝固了。

在第一个例子中，作者让读者了解需要了解的事实，但在第二个例子中，这些事实被赋予了生命。然而，要达到这样的效果，你并不一定需要把段落的长度扩充四倍。正如给人修改文章的罗兹·莫里斯（Roz Morris）所说："'别讲述，要展现'不代表'写更多的字'。两个精心斟酌、细节丰富的句子便足矣……"

那么，作者要如何赋予这些必须了解的事实以生命呢？这个问题无法只用一两个句子解答，因为所有的小说都是展现的过程。每一步、每一个技巧、每一处推敲，都是为了表达，为了赋予人物和背景鲜活的生命力。没有一位作者能在展现的艺术上达到登峰造极之境，正如没有作者能完全精通小说写作的艺术。在这一领域臻于至善，是我们都在努力接近的目标。

因此，我们的问题最显而易见的答案是，不断地磨炼你在每一方面的技巧。假如你能在某一小处取得进步，例如剧情或人物塑造方面，你的展现技巧也会随之提高。以下是两个有关如何捕捉技巧的具体建议：

- **把注意力放在感官上**。给一个情节带来生命的最佳手段就是专注于五感其一或者全部。告诉读者人物看见了、闻见了什么。假如你小说中的情节发生在夏天的一场暴风雨中,那就提一提湿漉漉的沥青的味道,以及泥塘中的油光。

与其只是告诉读者你的人物走进了一家花店,不如让他们看见人物都邂逅了些什么。向读者描述入口处的门铃声、满目的红色和黄色,以及空气中的花香。发挥你的想象力,挖掘那些能让情节在读者的脑海中变得生动的小小细节。

然而,作者同时也必须对描述过度有所提防。尤其是在我们被电视节目充斥的文化当中,绝大多数的读者都缺乏翻完几大页场景描写的耐性,不管这些内容有多么绘声绘色。作者必须挑选一部分最重要的细节,让它们散布在情节和对白当中。

- **使用生动鲜活的语言**。细节是小说的血肉。你可以写人物沿街行走,但写他们拖着步子走过小巷,或者沿着走道散步,岂不令人印象深刻得多?使用更具体的动词和名词,只挑选能传递最重要的内容的修饰词。

以上所有都不是在声称叙述在小说里一无是处。不是每个情节和人物的行为都必须富于戏剧性。你可以用叙述来带过相对不那么关键的情节,对重要信息概述上一笔,以及略过无关紧要的性描写或暴力场面。

问：在构建情节的时候，作者该不该每次都用一个道出前提的句子开头？

答：在撰写小说大纲的时候，我建议你就这样做。假如你能写出每一个情节的路径——目标、冲突、危机——和每一个后续的路径——反应、困境、决定——你便能在游戏当中远远超前，完完整整地构建出扎实的情节。至于在文本本身当中点明情节的"前提"，这也是一个很好的主意，因为作者总希望读者能理解某一情节的中心为何。但首先，你应该给上下文一个道出答案的机会。

问：你能用一个情节的后续做全书的开头吗？

答：并不是说这样的事不可能做到，但用后续开篇绝对不是最好的选择。用人物的行动来开始一本小说，用悬念引读者上钩，然后再放慢速度，给人物留出反应的时间。

问：与系列作品的前几本相比，后续在结构安排上有什么不同？

答：我收到过很多针对情节结构的提问，但如你所知，这里的"后续"指的是系列故事的续作，而不是指作为**情节**中后半部分的后续。我将这个问题写在这里，只是因为它能提醒我们，这个让人困惑的术语涉及小说写作的两个完全不同的方面。

第三部分
句子的结构

漂亮的句子都是突然出现在我的脑中的。漂亮的、不总是完全精确的句子。然后,我还要在漂亮和精确性当中选择。这是个很难的抉择。

——克里斯托弗·希金斯(Christopher Hitchens)

第二十四章　句子的结构

要想写出优美的散文，秘诀何在？是什么让好文章成为好文章——不仅是让文字在美学意义上生动而诗意，还在深层的、更重要的实用性意义上？简而言之，要想写出用词达意、富有感染力的文字，作者是否有技巧可学？还是说，这种事完全取决于运气和直觉？

一切的文字，不管是威廉·福克纳（William Faulkner）精巧的诗歌，还是科马克·麦卡锡直白的语言，在某种程度上永远都会依仗直觉。我们对词句的选择，或者哪怕是句子自身最后的走向，有时候都能令我们自己吃惊。但如果想让我们笔下的句子和段落的结构有效地向读者传达我们的想法，它们就必须符合因和果的逻辑秩序。

动机-反应单元

作家兼老师德怀特·V.斯温曾将写出好文章的秘诀解析成他称之为"动机-反应单元"(Motivation-Reaction Unit),或者MRU的东西。尽管听上去像飞机引擎上的某一部分,但它实际上是个简单得不可思议的概念。

在一个故事当中,所有的事件都可以被分为两类:起因(动机)和结果(反应)。只要掌握了这一点,你只需保证你的MRU都各自就位,就能写出扎实、合理的文章。

动　机

动机是对你的人物产生影响的外部刺激。它是促使你的人物做出反应的催化剂。这一催化剂可能是:

- 一辆和主人公的车发生追尾的车
- 一只蜷在他腿上的猫
- 一位接受他求婚的姑娘
- 一道击中他房子的闪电
- 一行对白
- 人行道上一条卡住了他脚趾的裂缝

唯一的限制是,动机元素必须是某件发生在你的主人公身上或发生在他身处的环境当中的事。

反　应

反应作为对动机的回应出现。它是"因"产生的影响；它是人物的所作所为，以此作为对某种外物的应答。人物的反应可能是：

- 猛踩刹车
- 爱抚猫
- 拥抱那个姑娘
- 跑出家门
- 作为反击再说一行对白
- 被绊住脚，跌倒在人行道上

哪个是哪个？

通常来说，把故事的不同部分切割开来，判断它们更可能被归类成动机还是反应，是很有用的技巧。向编辑凯瑟琳·迪克（Cathilyn Dyck）致敬，感谢她为我们提供了以下这个便捷的核对清单：

动　机

- **描写**。鉴于叙述者必须对事物和周边环境有所观察，有描写的地方自然会存在外部动因。

- **内心独白**。在人物对某个自身的问题反复推敲，或者灵光一现、出现新想法的情况下，他自己的想法便可构成内在动机。
- **行动**。假如一个非叙述视角的人物正在做某事，他正在做的事便会成为对故事叙述者的外部动因。
- **对白**。假如一个非叙述视角的人物在说话，他所说的内容便会成为对故事叙述者的外部动因。

反　应

- **内心独白**。假如叙述者正在坦承他心中对某些发生在他身上或身边的事的所思所感，他内心的独白就能让人看见他的反应。
- **情感**。假如叙述者正在经历某种非他所愿的生理反应（起鸡皮疙瘩、肌肉紧张等），这意味着他正做出某种反应。
- **行动**。假如叙述者正在行动，他的行动或许是对某种东西的反应。
- **对白**。假如叙述者正在说话，他的语言也能让人看见他对某事某物的反应。

把顺序摆对

　　把握住 MRU 即是把每一部分摆在合适的位置上。在读者了解事件起因之前就告诉读者它将带来的影响，会让你的小说透露出不真实感,即便只有一点点。即使读者对此只感到了一微秒的困惑,你也会扰乱他们用逻辑性的、直线的思路理解故事的过程。在以下的例子当中,哪个顺序更合理?

> 我欢呼了一声,在前院的草坪上跳起了舞,就在切尔西答应嫁给我之后。

> 还是——

> 切尔西答应嫁给我了,我欢呼了一声,在前院的草坪上跳起了舞。

从这一刻开始,对小说的理解变得困难了一点点,因为我们可以继续把这里的反应分解成三类独立的回应,每一个都必须以符合逻辑的顺序被摆上台前。

- 感受或想法
- 行为(可能包括非自觉的身体反应,例如流汗或大口呼吸)
- 语言

为什么要按照这样的顺序呢?因为这是人接受外界刺激,并对其做出反应的顺序。首先出现的是不自觉的下意识反应，接着是不自觉的身体反应，再是有意识的身体行动，最后才是语言。通常而言，这些反应快到无法彼此拆解开来，但假如你对自己的反应多加注意，你就能对这一由无自觉到自觉的过程加以解析。

在纸上，人物的反应看上去可能是这样的：

（外界刺激）"我当然愿意嫁给你。"切尔西说道。
（感受）我无比震惊。
（想法）真的吗？她把我的话当真了吗？
（不自觉的身体反应）我的掌心被汗打湿了，（行动）我在牛仔裤上擦着手。
（语言）"呃——"我试图找出话来解释我刚才只是在说笑。"嗯，实际上……"

对叙述者的回应进行这样的组织有如下好处：

- 读者能对自然的反应过程产生共鸣。
- 读者可以跟着叙述者的思路前进，而非在事情发生之后才来了解发生了什么——譬如让人物先开口说话，再告诉读者他脑中所想。
- 凭借行动的节奏，读者马上就能知道是谁在说话。（在这个例子中这一点并不显著，但在更长、人物更多的情节当中，这点会非常明显。)

- 与其被缺乏逻辑性的发展糊弄，读者对小说剧情稳扎稳打的直线发展更为信赖。

MRU 的不同可能性

MRU 的全部意义在于它能帮助你写出清晰的、符合逻辑的文字作品。倘若生硬地将你的小说段落套进 MRU 结构和以上目标有所冲突，你大可修改这一结构，让它符合你的需要，而无须在这方面缩手缩脚。对偶尔需要的文采诗意也一样。在某些时刻，作者肯定会感到自己需要为了表达效果而打破规则。

请牢记，在写人物反应的时候，你的笔下并不一定需要囊括这三个部分中的每一个。有时候一段对话足以让读者了解你笔下人物的情绪和情感反应。有时候他的反应仅限于感情上或想法上的，这种时候他既不会说一句话，也不会采取任何行动。

一眼看上去，MRU 结构可能并不符合你的直觉。语言仿佛总是赶在反应的其他方面之前发生，因为一般而言，我们总会在目睹人物的实际行动之前就听闻并记下他们之间的对话。为了理解我的意思，你不妨提笔改写一个老故事，并在此期间使用 MRU 来构建。尽管你会发现一些特例，但你不免会注意到，在整体上，你的文字作品将因 MRU 结构而看上去扎实和连贯不少。

常见的句子疏漏

好的文字作品可以归功于两种不同因素的作用：扎实的行文，以及"它"（it）。后者是一样特殊的东西，它能赋予小说生命，让人物和主旨变得鲜活，一言以蔽之，它决定了小说是否能成功。但哪怕有幸拥有世界上所有的"它"，如果未能用组织完美、结构恰当的句段彰显自己的天才，作者仍然无法赢得读者的心。

写出对的句子是一个技术活，在摆正句子的结构方面，作者有一整套能参照的规则。在这一系列规则当中，我们有机会以各种各样的独特方式展开自己的创造性空间（在理由充分的情况下，偶尔我们甚至能越过这些藩篱）。但在探索如何、在何处发挥创造性，才能让我们在文字上的潜力最大化，同时亦无不妥地越界时，我们必须首先学会寻找作者在词句上最常犯的疏漏，并及时把它们从小说里剔除。

分词短语

分词短语被用来当作修饰语的动词短语，它的出现意味着有两件事在同时发生。除非两件事确实同时发生了，否则这一结构的出现会打乱小说中事件的发生顺序，破坏因和果的前后关系，并且削弱这两件事的冲击力。要修正这样的错误，你只需把句子里的事件按照以下顺序重写：

错误版本：抓过她的宠物飞猴，加娜跳上了它的背。

（Grabbing her pet flying monkey, Jana jumped onto its back.）

正确版本：加娜抓过她的宠物飞猴，跳上它的背。

（Jana grabbed her pet flying monkey and jumped onto its back.）

连写句

连写句把两个或两个以上的独立分句合写在一起，却未在其中加上正确的标点或连接词。连写句可以用于增添文字的诗意，或者表现行动的忙乱。但通常情况下它看上去就和马虎的写作无异。连写句能营造出波澜起伏、让人屏息凝神的气氛，但也很容易让读者摸不着头脑。若要修正，要么把分句连成像样的句子，要么加入正确的标点。

错误版本：加娜抓过她的宠物飞猴，她跳上它的背。

（Jana grabbed her pet flying monkey, she jumped onto its back.）

正确版本：加娜抓过她的宠物飞猴。她跳上它的背。

（Jana grabbed her pet flying monkey. She jumped onto its back.）

或者——

加娜抓过她的宠物飞猴，然后她跳上它的背。

(Jana grabbed her pet flying monkey, then she jumped onto its back.)

残缺句

残缺句指的是缺少主语或谓语的短语，这种缺失使得它无法构成完整的句子，并且只包含了一半信息。尽管把残缺句用在营造基调或强调某些内容上往往能取得佳效（因为人的语言和思维的确是碎片化的），但如果缺失部分的所指并不清晰，残缺句很可能会给读者带来困惑。要么把残缺句加到它周围的句子里，要么写个新句子，把缺少的那一部分添上去。

错误版本：加娜抓过她的宠物飞猴。跳到了它的背上。

(Jana grabbed her pet flying monkey. Jumped onto its back.)

正确版本：加娜抓过她的宠物飞猴然后跳到了它的背上。

(Jana grabbed her pet flying monkey and jumped onto its back.)

或者——

加娜抓过她的宠物飞猴。她跳到了它的背上。

(Jana grabbed her pet flying monkey. She jumped onto its back.)

"当……时"

"当……时"是一组连接词，它的出现意味着两件事发生在同一时刻。和分词短语一样，假如表达了本不存在的同时性，"当……时"便会让读者误入歧途。这时候，作者就需要把句子重写一遍，让它反映出正确的先后顺序和因果关系。

错误版本：当加娜抓住她的宠物飞猴时，她跳上了它的背。

(As Jana grabbed her pet flying monkey, she jumped on its back.)

正确版本：加娜抓住她的宠物飞猴，然后跳上了它的背。

(Jana grabbed her pet flying monkey, then jumped on its back.)

含糊的先行词

先行词指的是相关的代词所指的名词。作者只要使用代词，就必须确保读者能理解它指的是什么。要么重新排列句子，让代词有正确的先行词可对应，要么干脆别用代词，直接用名字。

错误版本： 当她抓过伊莎贝拉——她的宠物飞猴——的时候，她开始尖叫。

（When she grabbed Isabella, her pet flying monkey, she started screaming.）

正确版本： 当加娜抓过伊莎贝拉——她的宠物飞猴——的时候，那猴子开始尖叫。

（When Jana grabbed Isabella, her pet flying monkey, the monkey started screaming.）

缺少变化

为体现令人舒适的节奏感，作者需要在同一段落当中用不同的句型来写作。缺少变化在多个短句挤在一起的时候尤为引人注目，因为这会营造出支离破碎的感觉，也会让整个段落显得单调。充分使用简单句、复杂句和复合句，来让你的段落句式变得丰富。

错误版本： 加娜抓过她的宠物飞猴伊莎贝拉。她跳上伊莎贝拉的背。伊莎贝拉戳了她的眼睛。

（Jana grabbed her pet flying monkey Isabella. She jumped onto Isabella's back. Isabella poked her in the eye.）

正确版本：加娜抓过她的宠物飞猴伊莎贝拉。在她跳上伊莎贝拉的背的时候，猴子戳了她的眼睛。

（Jana grabbed her pet flying monkey Isabella. But when she jumped onto Isabella's back, the monkey poked her in the eye.）

缺少平行结构

借助结构上的统一性，平行结构使得相似的单词和短语之间得以保持某种平衡。缺少平行结构会让句子显得拗口，并因此引发读者的困惑，因为动词的形式往往会因此而彼此混淆。作者需要确保同一行中所有的单词和短语都具有同样的形式。

错误版本：加娜抓过她的宠物飞猴，高呼一声，然后朝着它的背上，她跳了上去。

（Jana grabbed her pet flying monkey, whooped, then onto its back she jumped.）

正确版本：加娜抓过她的宠物飞猴，高呼一声，然后跳上了它的背。

（Jana grabbed her pet flying monkey, whooped, and jumped onto its back.）

不当名词化

不当名词化是指并无必要地扭转动词的形式，将其用作名词或形容词。不当的名词化会弱化某些本应十分有力的动词，对句子产生破坏性影响。作者应该把不必要的短语删掉，让动词发挥它们应有的作用。

错误版本：学会骑有翼类猴子的愿望，只能由那些掌握了平衡动作的人实现。

(The attempt to learn how to ride monkeys of the flying variation should be approached only by those who have mastered the act of balancing.)

正确版本：只有能掌握平衡的人才学得会骑飞猴。

(Only those who have masterful balance should learn how to ride flying monkeys.)

对主语／动词形式的混淆

每个句子都由两个部分构成：主语和谓语（动词短语）。要构成一个句子，两者必须在时态和单复数形式上相合。主语和谓语在时态或者单复数形式上的混淆会令句子的清晰程度大打折扣，让作者显得无知，这还是在最幸运的情况下。作者每次都要复核动词和与之对应的主语是否形式相合，以及你的小说在时态上是否具有整体的一致性。

> **错误版本：** 加娜抓过她的飞猴，但飞猴此前不太开心。
> （Jana grabs her flying monkey, but the monkey weren't happy.）
>
> **正确版本：** 在那时候，加娜抓过她的飞猴，但飞猴不太开心。
> （Jana grabbed her flying monkey, but the monkey wasn't happy.）

假如你能学会辨认和纠正句子中的这些疏漏，你距离写出完美的文字便近了一大步——这能让你留出更多的注意力放在"它"这一因素上，而"它"将把你的小说从乏味变得优美动人。

删掉冗词

如果说言简意赅是智慧的灵魂，那么惜字如金便是文字的力量之源。不要误解我的话：在属于它们的位置上，复杂、曲折而优美的句子同样能发光发热。

我想将语言推上诗歌之峰，激发其中蕴藏的那些潜能。

所有伟大的文学无一不在做这件事,我是这么认为的——它们重塑了语言,挖掘出了深掩在陈词滥调的山脉之下的美丽。〔亚历山大·埃蒙(Aleksandar Hemon),《被语言拯救》("Rescued by language")〕

然而,要是你的文字到处充斥着无益的肥油,读者将永远不会体会到它们蕴含的潜能。而一旦你学会了如何把句子削瘦,让每个句子都包含许多敏锐的见解,它们所蕴含的美与复杂性将数倍胜过原来那臃肿的模样。

- **别提显而易见的事实**。不要说你的人物"伸手拿他的眼镜"。如果他想拿东西,那他必然要把手伸出去。既然他不会往下站,也就无须告诉读者他"往上站了起来"(当然了,除非他是在军队里,Stand down 可以表示从警戒或作战状态中放松下来)。
- **不要屈从于解释的冲动**。如果你写下的文段当中满是各种动态,你没有向读者解释这一切的必要。尤其是在写对话的时候,作者经常会误以为自己需要对说话人做出更多的注解,比如"尖叫道""咕哝道"或者"结结巴巴地说道"。
- **不要重复已经说过的事**。作者往往会忘记自己已经解释过某件事，有时则自认为应该刻意地提醒读者。作者应该信任读者的记忆力。假如你写了人物的父亲已经过世，读者很可能在两章以后还记得这件事。

- **主动地，而非被动地写作**。在写作上缺乏主动性动词不但会让句子容量膨胀，还会让文字的力量流泻掉。比起描述状态的动词，具有主动性的动词往往能表达清晰和丰富得多的内容。仔细分析你写下的被动句，看看你是否能用更直击人心的主动语气转写它们。

- **删掉陈词滥调**。即便那些占不了多少内容的陈词滥调也是小说的累赘，因为它们不能带来任何新鲜的、具有生命力的内容。删掉、重写，把陈词滥调扭转成为你创造的、让人印象深刻的新词。

- **删掉模棱两可的内容**。所有的句子都应该是锐利的、与众不同的。永远不要让读者在薄弱的句子中间蹒跚而行，寻找你想表达的意思。假如你的人物距离悬崖还很遥远，就不要说他离悬崖"大约一尺远"，或者"接近一尺远"。

- **删掉无谓的修饰**。优美的语句是所有作者的骄傲。但假如你写下的东西仅为美丽而美丽，就不值得被保留下来。假如修饰词不能给故事带来更多内容，就把它们删掉。

- **删掉浮夸的东西**。那些为让读者对你的智慧和对语言的运用技巧留下深刻印象而写的臃肿词句，小说当中是没有它们的位置的。省略掉那些"因而""在此"和"此前"吧。
- **留心你的标点符号**。分号、冒号、破折号和括号都有重要的意义，但不要滥用它们。在用逗号或句号就合适的场合，就只用这两者。
- **削减修饰语**。没有什么比滥用的副词和形容词更能成为句子的累赘了。使用它们时必须格外小心。如果你能换用简洁有力的动词，或者准确的名词，你小说中的句子便会得到额外的加分。

如果我们希望自己笔下的人物和剧情以最大程度击中读者的心，那么我们就应该用最严格的态度把控我们所写的语句，确保它们闪亮、整洁，并具有足以撑起我们故事重量的感染力。

在这里，我们的旅途迎来了尾声！我希望你觉得这趟有关小说、情节和句型写作诀窍的旅程对你来说具有启发意义，甚至更进一步，鼓舞人心。扎实的故事建立在扎实结构的基础之上。只要你能得当地对情节点、情节和句子的结构进行安排，你就能写出一整本书，轻而易举！

作者的寄言：十分感谢你的阅读！我希望我们对小说、情节和句子结构的探究让你获得了乐趣。你知道一本书的畅销都是因为书评吗？假如《故事的节奏》对你有帮助，你会考虑在网上留下评分和读后感吗？谢谢，祝写作愉快！

想要更多写作方面的建议？ 在 helpingwritersbecomeauthors.com/structuring-your-novel 注册，你便可以收到我每月更新的电子邮件，里面全是写作建议、对问题的解答、创意的电源、激发灵感的旁征博引，以及有关新书和新研讨班的消息。

鸣　谢

不管写什么书，我最喜欢的部分之一都是集中鸣谢的那几页。写作是一场孤独的冒险，有幸的是，我从未在我的文学之旅上只身一人。像往常一样，我蒙受了一些至关重要的人的恩惠，是这些朋友的善良、耐心与明智让这本书变得更好。

他们的名字，不以任何特殊顺序排列，见下：

我的家人，他们从第一天开始就支持我的写作梦想。说得更具体一点儿，是我的姐姐和我的头号粉丝艾米，她们无条件地爱着我和我的小说。

我的编辑：凯瑟琳·迪克，我尤其要感谢她让我发现在情节层面上结构的力量。琳达·耶茨克，作为最早对我的作品进行阅读、批评的搭档，是她和其他人让我确信我的书并非胡言乱语。

我甘于奉献的实验小白鼠（又名最好的读者们）：劳娜·G.

波斯顿，她对我的鼓励始终如一，布拉顿·罗素，我想，在他成为世界上最畅销奇幻小说的作者的时候，他仍会愿意和我说话的。

在此，我要向这些人致以特别感谢：通过我的博客、我的书、推特和脸书，我有幸遇见的这批优秀得不可思议的词汇游戏家。你们让我的生活每天都变得更美好！

图书在版编目（CIP）数据

故事的节奏 /（美）凯蒂·维兰德著；陆晓月译. — 北京：北京时代华文书局，2024.7
书名原文：Structuring Your Novel
ISBN 978-7-5699-4740-3

Ⅰ.①故… Ⅱ.①凯…②陆… Ⅲ.①小说创作－创作方法 Ⅳ.①I054

中国国家版本馆CIP数据核字(2023)第013245号

STRUCTURING YOUR NOVEL: ESSENTIAL KEYS FOR WRITING AN OUTSTANDING STORY BY K. M. WEILAND
Copyright:©2013 BY K. M. WEILAND
This edition arranged with BY K. M. WEILAND
through BIG APPLE AGENCY, INC., LABUAN, MALAYSIA.
Simplified Chinese edition copyright:
2024 Ginkgo (Shanghai) Book Co., Ltd.
All rights reserved.
简体中文版由银杏树下（上海）图书有限责任公司出版
北京市版权局著作权合同登记号　图字：01-2022-0319

Gushi de Jiezou

出 版 人：陈　涛
出版统筹：吴兴元
责任编辑：李　兵
执行编辑：王　灏
特约编辑：邓诗漫　张莹莹
责任校对：陈冬梅
装帧设计：柒拾叁号
责任印制：訾　敬

出版发行：北京时代华文书局 http://www.bjsdsj.com.cn
　　　　　北京市东城区安定门外大街138号皇城国际大厦A座8层
　　　　　邮编：100011　电话：010-64263661　64261528
印　　刷：天津雅图印刷有限公司
开　　本：889 mm×1194 mm　1/32　成品尺寸：143 mm×210 mm
印　　张：10　　　　　　　　　　　字　　数：197千字
版　　次：2024年7月第1版　　　　印　　次：2024年7月第1次印刷
定　　价：48.00元

版权所有，侵权必究
本书如有印刷、装订等质量问题，本社负责调换，电话：010-64267955。